Manfred Reuter
Der Kirchenmann

Manfred Reuter, Jahrgang 1957, Journalist beim Trierischen Volksfreund, lebt in Prüm/Eifel. Ausbildung zum Redakteur in Aurich/Ostfriesland und an der Akademie für Publizistik in Hamburg. Weitere Stationen in Köln, Oldenburg, Münster und Bremen. Erste Publikation (Hrsg.) 1993: »Fassade«, eine Kirchendokumentation über die Basilika St. Salvator, Prüm. »Der Kirchenmann« ist nach »Fluchtwunden« sein zweiter Titel im Programm des KBV.

Manfred Reuter

Der Kirchenmann

Roman

KBV

www.kbv-verlag.de
E-Mail: info@kbv-verlag.de
Telefon: 0 65 93 - 99 86 68
Fax: 0 65 93 - 99 87 01
Die Originalausgabe erschien 2005 im Verlag Pi, Weißenseifen.
Umschlagillustration: Ralf Kramp
Druck: GEmediaprint, Eupen
www.gemediaprint.com
Printed in Belgium
ISBN 978-3-940077-35-6

Für Gudrun, Lena,
Nils und Lars
an meiner Seite

Der Stromableser

Sie wird ihn niemals aus ihrem Gedächtnis verlieren. Denn obwohl sie sich bis vor einigen Monaten immer wieder danach gesehnt hatte, wenigstens eine kurze Strecke der gemeinsamen Zeit niemals zurückgelegt zu haben, schaffte es irgendein Gefühl sie dafür gefügig zu machen, den Weg von neuem zu beschreiten, um laufend dorthin zurückzukehren, wo sie Glück und Unglück teilten: an die einzelnen Schauplätze des Alltags, in jedes Gespräch und an die Stätten fragilster Ereignisse von Leidenschaft und Gleichmut. Inzwischen hatte sie gelernt, sich mit ihren Empfindungen auseinander zu setzen, weil sie es musste und weil es ihr half. »Für mein Leben. Das ist sicher.«

Paula Brandt richtete sich neben dem bollernden Ofen in der Sofaecke behaglich ein, zog die Decke über die Beine und schaute durchs Fenster hinaus in die Baumwipfel, deren zickiges Geäst schon seit Stunden den Attacken des Herbstwinds trotzte und dessen Blätter immer wieder hämisch Beifall klatschten, wenn einer Böe erneut die Luft ausging. Klaas legte Holz nach und machte es sich wieder vor dem Sessel bequem; auf dem Boden kauernd konnte er am besten nachdenken.

»Ich denke gerne an die Zeit, Mutter. Er war ein wunderbarer Mensch«, murmelte er.

»Da bin ich ganz deiner Meinung, und ich habe dir viel zu erzählen, mein Junge. Du bist nun erwachsen, stehst auf eigenen Beinen und ich sage genau wie dein Vater, dass ich längst nicht alles bereue. Wenn mir aber klar gewesen wäre, dass sie uns irgendwann einen Strick drehen würden, hätten Frank und ich mit ziemlich großer Wahrscheinlichkeit eine rationalere Handlungsweise bevorzugt. Der Mensch ist eben schwach. Manchmal sogar ein Nichts, könnte man glauben, wenn man sieht, wie unwissend, unfertig und unbedeutend er unter der großen Kuppel daherkommt. Wäre er doch nur in der Lage, das vor ihm Liegende zu testen, mit feiner Nase daran zu schnuppern oder einen flüchtigen Blick darauf zu werfen, wie durch ein Schlüsselloch oder einen Türspalt hindurch. Oder vielleicht daran zu fühlen, wie an einem Stein, an einer Feder, an einer Scherbe, an einer Frucht, um allmählich zu erkennen, ob es was wird oder nicht, allein schon aus rein vorsorglichen Gründen, versteht sich. Vielleicht könnte er dann die Last des Gegenwärtigen leichter tragen, den Wert der Zeit einfühlsamer bemessen und sich vorausblickend Orientierung verschaffen. Denn sicher verkniffe er sich je nach Lage der Dinge dieses oder jenes. So aber schiebt der arme Geist die Masse an Ereignissen einfach nur vor sich her. Ein Spielball seiner selbst. Machtlos. Also bleibt es, wie es ist: Meist zählt nur der Augenblick, doch der ist oberflächlich.

Wie bei deinem Vater zu Hause am Mittagstisch. Da dachte er auch noch nicht über die Zukunft nach, über die große Kurve, die er zu nehmen hatte. Da genoss er den Moment. Leider sog er diesen Atem selten, weil Frank als kleiner Junge rasch lernte, dass sich der Augenblick nicht konservieren lässt. Paula zog das Tagebuch aus dem Regal.

Knallrote Schattenmorellen, dazu warme Vanillesoße: Nichts aß ich lieber, erinnert sich dein Vater an dieser Stelle an seine Kindheit und fährt fort: Mit der ganzen Hand packte ich den voll geschaufelten Löffel, dass ich mit dem Arm gewaltig rudern musste, um den Weg zum Mund zu finden. Löffel, Faust, Ober- und Unterarm bildeten immer eine Linie. Dass ich gleichzeitig in der Lage war, diesen Vorgang in atemberaubender Geschwindigkeit zu wiederholen und dabei auch noch in beachtlicher Lautstärke schmatzen, schlürfen und schlucken konnte, imponierte offenkundig aber nur mir selbst. »Frank, bitte«, erinnerte mich meine Mutter an Anstand und gute Sitten. »So isst man nicht!«

Anstand und gute Sitten. Erst einmal wusste ich damals noch gar nicht so recht, was das eigentlich war oder sein sollte; allerdings sagte irgendetwas in mir, dass diese Verhaltensregel nicht einzig und allein auf Schattenmorellen mit Vanillesoße reduziert werden konnte. Vielleicht hat es was mit der Kirche zu tun, dachte ich, oder mit der Schule. Immer lieb sein und so, keine Widerrede und auf dem Schulhof nicht prügeln. »Ach, lass ihn doch. Ihm schmeckt's halt«, drosselte Klaus die Erregung meiner Mutter. »Gell, mein Kleiner, dir schmeckt's«, wiederholte er, schloss die Augen, presste seine Lippen aufeinander, neigte den Kopf zur Seite und grinste wie ein Klecks Marmelade an der Tapete.

Von kindlich hoch entwickelter Provokationskunst hatte Klaus wohl noch nie etwas gehört. Denn dass es sich hier um nichts anderes handelte als um die Vorstufe einer Kampfansage, von deren Tragweite er sich keine Vorstellung machen konnte, damit hatte Klaus sicher nicht gerechnet. Viel weniger noch konnte er ahnen, dass ich heute so richtig ventilieren würde, auf meine Art: knallhart und präzise, und selbstverständlich generalstabsmäßig geplant.

Wieder schippte ich den bereits fast bis zum Stielende verschmierten Löffel randvoll wie eine Baggerschaufel, führte ihn aber diesmal nicht zum Mund. Stattdessen hielt ich ihn einige Zentimeter tiefer, etwa in mittlerer Brusthöhe. Während ich den glitschigen Stiel mit den Spitzen des rechten Daumens und Zeigefingers festhielt, spannte ich das Essgerät mit der Kuppe des linken Mittelfingers, wie eine mittelalterliche Wurfmaschine, die man aus großen Monumentalfilmen kennt. Ob Klaus bemerkte, was ich im Schilde führte, wusste ich nicht. Vielleicht wollte er ja selbst etwas davon abhaben. Warum nicht? Kann doch sein, dass auch er als Kind gerne Schattenmorellen mit Vanillesoße gegessen hatte. Wie hätte ich ihm das übel nehmen können? Vielleicht ist ihm als kleiner Junge ebenfalls das Wasser im Mund zusammengelaufen, wenn seine Mutter den Nachtisch zubereitete!? Wie auch immer: Mir war es ziemlich egal. Er wird schon sehen, was Sache ist, dachte ich nur.

Jedenfalls, während sich der schmutzige Nagel meines linken Mittelfingers allmählich in eine bereits halb zerquetschte Schattenmorelle bohrte, schaute ich Klaus tief in die Augen – und zog ab! Volltreffer. Leider machte meine Mutter überhaupt keine Anstalten, die kleine Einlage sportlich zu sehen oder als Scherz aufzufassen. Ihre »Ansprache« fiel ziemlich deftig aus, außerdem gab es einen Satz heiße Ohren. Auch die orientierungslosen Gesichtszüge des Besuchers sind wie eingebrannt in mir haften geblieben. Zumindest für einige Sekunden schienen sich Augen, Mund und Nase in seiner Fratze einfach nicht mehr zurechtfinden zu wollen.

Während die Schattenmorelle ihr Ziel also Saft triefend und punktgenau auf dem linken Auge unseres Gastes gefunden hatte, war die Vanillesoße durch irgendwelche Flieh-, Schwer- oder sonstigen Kräfte Richtung Oberlippenbart katapultiert worden. Der Eklat war perfekt. Mutter suchte wutschnaubend ein Tuch, ich zufrieden das Weite.

Klaus war der Stromableser. In regelmäßigen Abständen kam er im Auftrag der Stadtwerke mit seiner Kunstleder-Aktentasche zu uns nach Hause, um mit der Taschenlampe im Zählerkasten herum zu leuchten und danach ein Formular auszufüllen, das meine Mutter unterschreiben musste.

»Warum hat der Stromableser immer so einen roten Kopf?«, hatte ich Mutter einmal gefragt, worauf es postwendend ordentlich was hinter die Ohren gab. Also entschied ich mich, von allen Fragen, die mit dem Aktentaschenträger in Verbindung standen, künftig Abstand zu nehmen und mir ab sofort meine eigenen Gedanken zu machen; allerdings immer wieder ohne Ergebnis. Mein Gefühl sagte mir nur, dass der Stromableser eigentlich nicht deshalb immer wieder so eine rote Birne haben konnte, weil er sich vor irgendetwas schämte. Ob eine Krankheit dahinter steckte? Nein, das konnte nicht sein. Denn eigentlich machte er doch einen ganz properen Eindruck. Er hinkte nicht, er hatte keinen gebückten Gang, und Pickel waren auch keine zu erkennen. Außerdem hatte er ja längst nicht immer einen roten Kopf – eben nur, wenn er das Haus verließ. Ich wusste die Sache einfach nicht zu deuten.

Auch diesmal saß der auf dem vorderen Drittel seines Schädels bereits kahle Behördenmann nach dem Mittagessen beim Ausfüllen des Formulars dicht neben meiner Mutter. Er selbst hatte trotz ihres Angebots nichts gegessen, weil er, wie er sagte, keinen Hunger verspüre, er es außerdem mit dem Magen zu tun und zudem erst kurz zuvor beim Nachbarn – mit aller Vorsicht, versteht sich – ein paar lauwarme Kartoffeln probiert habe. Der schmale Spalt zwischen angelehnter Küchentür und Türpfosten gewährte mir vom dunklen Flur aus nach meinem Rausschmiss zwar ein eingeschränktes, aber immer noch passables Blickfeld.

Während sich Klaus dünnfingrig anschickte, auf dem schräg liegenden Stück Papier Kreuzchen zu machen und Zahlen zu notieren, glitt seine linke Hand langsam unter den

Küchentisch. Es dauerte nur wenige Sekunden, da ließ Mutter ihre Rechte ebenso behutsam folgen. Mit der Linken hielt sie das Stromformular, das von mit Essensresten verschmierten Tellern und Schüsseln halbkreisförmig eingekesselt war. Die verbliebene Schreibfläche hatte Mutter zuvor mit einem feuchten Tuch gesäubert, schließlich sollte das Behördenpapier nicht bekleckert werden, geschweige denn wegrutschen. Ordnung muss schließlich sein! Dass die ansonsten noch von meiner vorangegangenen Löffel-Attacke gezeichnete Tischdecke weit nach unten hing und mir die Sicht auf das komplette Geschehen nahm, bedauerte ich in diesem Moment sehr.

Klaus schrieb an diesem Tag auffallend langsam. Jede Zahl sollte wohl ein kleines Kunstwerk werden. Aber er kam einfach nicht von der Stelle. Einige Zahlen und Buchstaben zog er nach, womöglich hatte er nicht genügend Tinte im Füller, oder aber sein Schreibgerät war verstopft. Einmal rutschte er sogar aus. Warum er daraufhin »gut« und »mach' weiter so« sagte, verstand ich nicht.

Sie saßen über Eck, also im rechten Winkel zueinander. So konnte Mutter, die ihr Haar lässig zurückgeworfen hatte, immer genau kontrollieren, was Klaus, das spitze Kinn immer weiter vorschiebend, eintrug. Schließlich sollte der Strom-Mann sie nicht hinters Licht führen, dachte ich. Hin und wieder hielt er – wie beim letzten Mal auch – beim Schreiben inne und verdrehte die Augen. Ein paar Sekunden später wurde er dann tatsächlich erneut rot im Gesicht. Unruhig rutschte er auf dem Stuhl hin und her, ließ den Federhalter aufs Blatt gleiten und ballte seine rechte Faust, so dass die Fingernägel sich in die Haut des Handballens hineinzubohren drohten. Kleine Schweißperlen bildeten sich auf

Stirn und Nase. Er schnappte nach Luft. Was mag bloß in ihm vorgehen?

Zwischendurch schaute ich hoch zur Küchenuhr, die leise tickte. Zehn nach Eins. Der tellergroße Zeitmesser mit dem blauen Kunststoffrahmen hing über der Waschmaschine, die wiederum direkt neben der Spüle platziert war. Eine separate Waschküche hatten wir nämlich nicht. Zu wenig Platz. Aber Mutter wollte ohnehin keine. Sie sagte immer, eine Waschküche sei meist im Keller – für Hausfrauen viel zu unbequem und furchtbar anstrengend! Frauen, die eine Waschküche im Keller besäßen, müssten die schweren Körbe dann im Winter bis ganz hinauf zum Dachboden schleppen, um die Wäsche dort zum Trocknen auf die Leine zu hängen. »Schau dir die alten Weiber doch an, was sie für einen krummen Rücken haben.« Dieses Schicksal wollte sich meine Mutter ersparen. Im Winter spannte sie Plastikleinen quer durch die Küche, während sie im Frühjahr und im Sommer – manchmal sogar im Herbst – den Freisitz hinter dem Haus zum Wäscheaufhängen nutzte. Den erreichte sie bequem über ein paar Stufen durchs Treppenhaus, von wo aus eine Tür direkt auf einen kleinen, Kopfstein gepflasterten Platz führte. Und überhaupt: Was sei denn schon dabei, wenn sich die Waschmaschine in der Küche befinde? Für sie sei es schlicht eine praktische und Kraft sparende Sache, zudem biete das gute Stück eine ordentliche Ablage für Geschirr und dergleichen. Natürlich wusste ich auch, dass längst nicht alle Familien im Ort eine Waschmaschine besaßen. Viele Frauen wuschen die schmutzigen Sachen tatsächlich noch mit der Hand, schrubbten sie in der Badewanne, vor der sie ehrfurchtsvoll in die Knie gingen. Ungeschleudert bugsierten sie die oft zentnerschwere Last in Körben oder Zinkwannen zum Aufhängen in den Hof oder auf den Spitzboden. Mir war es ohnehin egal, wo sich unsere Waschmaschine befand. Hauptsache, ich war nicht zu Hause, wenn sie lief. Ich fand das Geräusch, besonders wenn das Gerät schleuderte, unerträglich. Außerdem klirrte dann das Geschirr, das meist bis zum späten Nachmittag dort stand, Nerven zerreißend.

Zwölf nach eins: Der Formularausfüller atmete inzwischen absonderlich schwer und unrhythmisch, schloss jetzt sogar die Augen, während er gleichzeitig den Mund öffnete, so dass man dünne, quallige Speichelfäden zwischen Ober- und Unterkiefer erkennen konnte. Plötzlich riss er die Augen auf, öffnete den Mund weit und weiter, ließ seine Zunge sabbernd zwischen den Zähnen hin und her gleiten, woraufhin ich schon befürchtete, er müsse sich übergeben oder er falle sogar in Ohnmacht. Oder hatte er etwa Angst? Nichts dergleichen! Nur kräftig husten musste er und gleichzeitig in kurzen Intervallen acht oder neun Mal nervös hecheln, während Teller und Schüssel sich auf dem Tisch ruckartig in Bewegung setzten. Ich sah kurz zu Boden. Ob die Erde bebte? Man kann ja nie wissen. In diesem Moment schaute meine Mutter ihm ebenso überlegen wie tief in die Augen und flüsterte mit rauchiger Stimme kurz und knapp über das geblümte Wachstuch hinweg: »So, Klaus, mein kleines Strom-Männlein. Das wär's für heute!« Anschließend zupfte sie sich knisternd ihren Rock zurecht, spitzte lautlos triumphierend den rot geschminkten Mund und zog ihre Hand unter dem Tisch hervor, woraufhin ich mit größter Verwunderung feststellte, dass die Vanillesoße offenbar bis dorthin geschleudert war. Nach ein paar Sekunden schrieb der Strom-Mann voller Energie weiter. Das Formular konnte er nun wieder selbst halten.

Mutter war eben eine gute Frau. Sie schien ihm geholfen zu haben. Irgendwie.

Im Pfarrgarten

Die Sonne heizte den Freitag im Pfarrgarten von Schönenbach derart, dass man meinen konnte, sie wollte ihm den Krieg erklären. Dabei hatte der Frühsommer die Natur einmal mehr reichlich beschenkt: Der von Paula Brandt gepflegte Rosenbogen am Holz-Pavillon zeigte sich in gewohnt opulenter Fülle und mit der ganzen Wucht seiner Farben. Zwischen den Blumen- und Salatbeeten lag die Wiese in sattem Grün. Wie ein Teppich von der Größe eines halben Fußballfelds breitete sie sich aus auf der Anhöhe bis hin zur Giebelspitze des Pfarrhauses, die von dort aus den Horizont bildete als schneeweißes Dreieck im stahlblauen Himmel. Geranien und Tagetes am Gebäude-Eingang des Priestersitzes standen in voller Blüte. Die Hausfront lag bereits in gräulichem Schatten, Tür- und Fensterstürze aus Sandstein schimmerten noch am frühen Abend behaglich warm. Auf den Apfel- und Mirabellenbäumen zwitscherten derweil ein paar Spatzen, die hin und wieder nervös mit den Flügeln schlugen, um in riskantem Flug in die mannshohe Buchenhecke zu flattern. Dann und wann landete auch mal einer auf der Marien-Statue. Die Patronin der Kirchengemeinde, gemeißelt aus portugiesischem Granit, nahm die Eskapaden der vorlaut fiependen Vogelschar ungerührt hin. Liebevoll und sanft, schön und anmutig lächelte die Muttergottes – neben dem Gartenbeet an prominenter Stelle positioniert – das ganze Jahr hindurch und ungeachtet aller Unbilden der Witterung jungfräulich bescheiden.

Auf der Gartenbank im Pfarr-Pavillon hatte Frank Buschhoven Platz genommen. Er studierte noch einmal seine

Predigt, mit der er an diesem Wochenende auf die Kanzel steigen wollte. Der Theologe hatte seine Sonnenbrille abgelegt, denn die Sonne besann sich darauf, den Rückzug anzutreten. Den Großteil ihres barbarischen Dienstes hatte sie für heute verrichtet. Frank aber konnte die Sonne ohnehin nichts anhaben. Er widerstand ihrem feigen Dauerfeuer, und wenn ihre Penetranz Überhand zu nehmen drohte, erhob er sich siegreich über ihren Schein, indem er den Strohhut in die Stirn zog. Irgendwie hielt er es immer wieder aus.

Während er nun ihre glühende Fratze mit der Selbstverständlichkeit eines mindestens Gleichwertigen verächtlich anblinzelte, so, als wollte er sagen, mit mir nicht, schien er sich mit dem Redemanuskript mehr einen tollkühnen Orkan, denn laue Vorsommerluft zuzuwedeln, und zwar mit einer derartigen Spontaneität und Leidenschaft, als plane er, jeden einzelnen Buchstaben auf seiner losen Blattsammlung hier und von der Kanzel herab Funken schlagen zu lassen. Dabei lagen seine Muskeln noch straffer als sonst im Unterarm, an dessen Innenseite sich kräftige Adern hervortaten. Blau schimmernd suchten sie sich ihren Weg bis hinab zur wuchtigen Faust.

Seine erste Pfarrstelle schien Frank Buschhoven verdammt gut zu bekommen. Die dunkelbraunen, kurz geschnittenen Haare und sein Drei-Tage-Bart waren im Dorf schnell zum Markenzeichen geworden. Selbst die älteren Semester akzeptierten ihn nach kurzer Zeit so, wie er war, auch wenn es der einen oder anderen alten Dame nicht passte, wenn die Bässe hin und wieder allzu laut aus dem Pfarrhaus wummerten. Pink Floyd und Deep Purple. Dass Frank Buschhoven »so komische, englische Musik« hörte, konnte oder wollte nicht jeder Bewohner des Dörfchens verstehen. Aber nun ja: Er suchte sicher Abwechslung, wollte sich wohl noch eine Weile austoben. Außerdem mussten es ja nicht immer Franck-Choräle oder Bach-Fugen sein. Für seine musikalischen Wellenritte außerhalb des Kirchenschiffs hatte man denn auch bald allseits rasch Verständnis. Außerdem: Wenn der Pastor so etwas mag, dann wird es damit schon seine Richtigkeit haben.

Frank Buschhoven galt nicht nur im Dorf, sondern auch im Kollegen-Kreis als so genannter Hans Dampf in allen Gassen. Schon während des Theologie-Studiums eilte ihm dieser Ruf in aller Regel anerkennend voraus. Die Kommilitonen bewunderten seinen unaufhaltsamen Mut, der nicht davor zurückschreckte, mit den kirchlichen Lehrmeistern Grundsätze des Katholizismus bis auf Punkt und Komma zu diskutieren. Ob es da um Fragen der ehelosen Priesterschaft ging oder um andere streitbare Dogmen aus dem Vatikan: Frank Buschhoven kannte bei derlei geistigem Handgemenge keine Gnade und blieb auch in den heiligen Hallen des Priesterseminars in Anwesenheit hochrangiger Vertreter des bischöflichen Stuhls stets aufrecht im Sattel. Immerzu bezog er offen Stellung, während seine Mitbrüder dann meist schwiegen oder eher beschwichtigend eingriffen.

Der einzige, der immer fest an seiner Seite stand, war Alf Harms. Auch der hoch aufgeschossene Ostfriese galt in Kollegen-Kreisen als Draufgänger und Abweichler von der reinen Lehre. Wenn sich Frank Buschhoven und Kumpel Alf in Trierer Kneipen vergnügten, wurde es meist spät. Doch die Sause lief nicht immer glatt. Hin und wieder geriet der theologisch-postpubertäre Herrenabend unvermittelt zur gelebten Vergangenheitsbewältigung. Wenn Alf oder Frank nicht mehr nach Witzen zu Mute war oder sie keine Lust hatten, über die besonders verbohrten Studienkollegen zu lästern, schwenkten sie kurzerhand um. Alf Harms war ohnehin der einzige, dem Frank sich anvertraute. Die »Fischgräte«, wie er ihn nannte, war aus dem gleichen Holz geschnitzt wie er. »Sprich dich aus, mei' Jung«, murmelte der Spaßvogel aus Ostfriesland dann in unverkennbarem Küstendialekt und rief der Bedienung zu: »Muddi, bring noch eben zwei Klare, damit wir unsere Gedanken vernünftig sortieren können. Heute ist innere Einkehr angesagt.« Meistens gelang es ihnen dabei, den schwankenden Kahn schnell wieder auf Kurs zu bringen: Frank erzählte dann meist von zu Hause. Zum Beispiel, dass sein Vater verdammt früh starb. Und natürlich von seiner Mutter.

Ein paar Dollars nebenher

Paula blies eine Strähne aus der Stirn, ordnete die Wolldecke und schaute hinüber zu Klaas. »Seine Eltern. Das ist ein Kapitel für sich. Er war von beiden fasziniert, doch es dauerte eine ganze Weile, bis er begriff, was eigentlich los war und wie er die Dinge einzuordnen hatte. In seinen Aufzeichnungen wird er sogar ziemlich deutlich:

Ich war damals gerade acht Jahre alt. Krebs hatte meinen Vater dahin gerafft. Das Leben gab ihm keine Chance. Als die Ärzte seinen längst dahin siechenden Körper öffneten, nähten sie ihn gleich wieder zu. Ab ins Sterbezimmer mit ihm. Zwecklos. Die Lunge war kaputt. Nichts mehr zu machen. Vielleicht vom Kettenrauchen. Keine Ahnung. War jetzt auch egal. Es war jedenfalls ein elender, unwürdiger Tod.

Meine Mutter arbeitete schon während Vaters zweimonatigen Sterbens in einem Bitburger Gasthaus als Bedienung. Fast jeden Abend war sie weg. Sie hatte viel zu tun. Denn als der Dollar noch bei vier Mark stand, rannten die amerikanischen Soldaten die Tür der Kreisstadt-Kneipe buchstäblich ein. Dabei gaben sich die GIs ebenso spendabel wie raufsüchtig. Wüste Schlägereien waren an der Tagesordnung. Doch man verzieh ihnen immer wieder. Auch, wenn dann und wann ein Theken-Hocker oder gleich reihenweise Gläser zu Bruch gingen. Der Wirt nahm's stets gelassen: Immerhin ließen die Amis den Rubel in der Bierstadt so richtig rollen.

Auch an Selbstbewusstsein mangelte es den meisten Uniformträgern nicht. Schon nach ein paar Bierchen liefen sie zu Hochform auf. Dann richteten die Air-Force-Leute ihre Geschütze gröhlend auf die Kellnerinnen, schütteten zusätzlich literweise Bourbon in sich hinein und zeigten den Girls aus »Bitbörrg«, wie man eine Spendierhose mit Leben erfüllt. Dollar-Noten verschwanden dabei zu vorgerückter Stunde gleich massenhaft in großzügig geschnittenen Dekolletés, ebenso wie Hände unter den Röcken quiekend vorbeihuschender Bedienungen. Jede Nacht ein großes Fest.

Schon am späten Nachmittag begann Mutter damit, sich für die Arbeit in Schale zu werfen. Sie nahm ein ausgiebiges Bad, toupierte ihr Haar mit dem gefährlich blitzenden Stiel des Frisierkamms, den nur sie benutzen durfte, von mir aber trotzdem regelmäßig dafür in Anspruch genommen wurde, um damit die Fingernägel zu säubern oder mich am Rücken zu kratzen. Immer wieder schoss sie streng riechendes Spray hinzu, bis sich klebrige Zotteln bildeten, ihr die Tränen liefen und mir die Luft wegblieb. Doch damit nicht genug. Nun stach sie mit dem Toupierwerkzeug so lange auf das Haar ein, bis auch die allerletzte Strähne ihren Platz gefunden hatte. Ein wahres Kunstwerk war entstanden, das Mutter mindestens einen halben Meter an Körpergröße wachsen ließ, allerdings nur dann von langer Lebensdauer schien, wenn man es vor Erschütterungen jedweder Art schützte. Im weißen Spitzenunterrock setzte sie sich danach auf einen Küchenstuhl, sog an einer Winston und feilte die Fingernägel mit der Hingabe eines Ballistikers im Auftrag des russischen Geheimdienstes. Anschließend verschwand sie wieder im Bad, um Make up aufzutragen und andere, mir unbekannte Tinkturen gleichmäßig im Gesicht zu verteilen. Bis zu zwei Stunden nahm die Prozedur in Anspruch.

Oft musste ich noch schnell ins Miedergeschäft rennen, um ihr schwarze Netzstrümpfe zu kaufen. Das machte mich irgendwie verlegen. Zwar fand ich eigentlich nichts dabei. Nur die Tatsache, dass die Ladenbesitzerin mich immer so seltsam betrachtete, gab mir ein komisches Gefühl. Zu Hause angekommen, schenkte meine Mutter mir einen Quarter und legte das Beinkleid mit den inzwischen rot lackierten Präzisionswaffen sorgsam an, bevor sie ihre Lippen nachzog und schmollmündig auf hohen Absätzen ins Wirtshaus stöckelte.

Ich verbrachte die Abende fast immer allein. Meistens spielte ich noch eine Weile Mensch-ärgere-dich-nicht gegen mich selbst. Das funktionierte so: Ich war immer grün. Die gelben, roten und schwarzen Spielsteine wurden in meiner Fantasie von Schulfreunden bedient. Ich nahm mir ein Blatt Papier und notierte die Platzierung. Wenn ich gewonnen hatte, stellte ich mir vor, wie mir meine Freunde anerkennend auf die Schulter klopften. Manchmal war in meinem Fantasie-Gebilde auch der Stromableser mit von der Partie. Er hatte schwarz. Wenn Schwarz allerdings zu gewinnen drohte, setzte ich alles daran, dies zu verhindern. Dann schloss ich flugs ein grün-rot-gelbes Bündnis und begann hoch motiviert mit der Jagd auf die schwarzen Spielsteine. Meist kehrten sich die Vorzeichen der drohenden Niederlage dann schnell um, so dass ich am Ende notieren konnte: Vierter Platz: Schwarz (Stromableser).

Es gab aber auch Abende, da nahm ich mir ein Buch. Meine Tante hatte mich mit etlichen Lassie-Geschichten versorgt. Weil sie immer ein gutes Ende nahmen, gefielen die mir besonders. Hoch im Kurs standen aber auch Comics. Die durfte ich mir von meinem Taschengeld kaufen. Bessy, der treue, vierbeinige Begleiter des tapferen und stets für Gerechtigkeit kämpfenden Cowboys Andy, der immer laut kläffte, wenn Gefahr drohte, hatte es mir besonders angetan. Überhaupt: Ich liebte Hunde. Gute Freunde in der Einsamkeit, dachte ich. Leider erlaubte mir meine Mutter nicht, einen ›richtigen‹ Hund zu Hause zu haben. »Die sabbern nur alles voll und machen Dreck.«

Wenn mir spätabends die Augen dann fast zufielen, packte ich meine Schulsachen und ging zu Bett. Mutter sah ich erst am folgenden Mittag nach der Schule wieder. Weil sie von der Arbeit meistens sehr spät nach Hause kam, musste sie morgens ausschlafen. Einmal lag ich noch wach, als sie kam. Es war gegen vier Uhr. Draußen hörte ich ein Auto. Es war eine dieser gewaltigen Limousinen, die nur die Amerikaner fuhren. »See you next time, sweetheart«, hörte ich eine Stimme säuseln, bevor die Wagentür dumpf ins Schloss fiel und der Schlitten Richtung Housing davon schaukelte.

In der Schule hatten wir meistens viel Spaß. Nicht nur während des Unterrichts. Auch auf dem Pausenhof machten wir unseren Jokus. Wir bespritzten uns mit den Resten aus der Sunkist-Tüte, warfen mit nassem Laub oder sammelten Kastanien auf, die wir gegen die Turnhalle knallten, wenn die Schale die Frucht nicht frei geben wollte. Einmal gab mir ein Mädchen eine Kastanienschale und verschwand kichernd in einer Gruppe von Mitschülerinnen. Es war Anna. Als ich Annas Schale, noch warm von ihren Händen und nach Seife duftend, öffnete, wurde mir auf eine bislang völlig unbekannte Art und Weise warm. Am ganzen Körper. Wie seltsam. Das Stachlige fühlte sich plötzlich weich an, und das Grüne erhielt einen goldenen Schimmer. An den Bäumen hingen statt Kastanien von nun an bunte Kugeln, blitzend, glitzernd, gleißend. Ich schwebte über den Hof, nahe, ganz nahe an die Kugeln, ließ mich von Flügeln tragen, hinunter zu Anna. Nur sie und ich waren noch da, auf der Wiese mit mindestens zwei Millionen bunter Blumen, die im Sekundentakt die Farbe wechselten, immer leuchtender, immer heller, immer mehr. Anna wedelte und winkte: »Komm, komm her zu mir«, flehte sie mit süßer Stimme, was ich mir nicht zwei Mal sagen ließ. Also flog ich weiter, jetzt kraftvoller und zielgerichtet, hinunter zu Anna, zu meiner Anna, die mich lächelnd empfing, mit offenen Armen, nachdem sie dort so lange auf mich gewartet hatte. Und als sie mich mit ihren Händen berührte, stieg auch sie auf, mit mir gemeinsam über den goldenen Baum hinweg, während sie ihre Wange an meine drückte und ich ihren Atem spüren konnte.

Das Klingelzeichen holte uns vom Himmel herunter. Der Schotterhof hatte uns wieder. Anna stand immer noch bei ihren Freundinnen im Kreis, jetzt bewegte sie sich mit ihnen auf das Schulportal zu, wo wir in Zweierreihen Aufstellung nahmen und darauf warteten, vom Lehrer das Zeichen zu bekommen für den Rückmarsch in den Klassenraum. Die Kastanie, die plötzlich wieder piekste, verschwand in meiner Hosentasche, jetzt hielt ich sie warm, bis ich zu Hause war. Erst dort öffnete ich die Schale, pulte das Briefchen in prickelnder Vorfreude zitternd heraus: »Frank seine Mutter ist eine Nutte.«

Zu Hause erlebten wir das Wirtschaftswunder hautnah. Mutter ging weiter arbeiten, die Witwenrente legte sie auf die hohe Kante. Der Kühlschrank brummte unaufhörlich, riesige Packungen mit amerikanischem Speiseeis, T-Bone-Steaks, Wurst, Butter und Käse ließen ihn nicht zur Ruhe kommen. Fast jeden Tag kam Nachschub. Das galt auch für unsere Kleiderschränke: Hosen, Hemden, Jacken, Blusen, Röcke und Schuhe – von Auswahl und Qualität, wie man sie bei uns vorfand, konnten viele nur träumen. Selbstverständlich gehörten wir auch zu den ersten Leuten im Ort, die sich Fernseher und

Plattenspieler leisten konnten. Ich besaß zudem nicht nur eine elektrische Eisenbahn mit mehreren Lokomotiven, Weichen, Stellgleisen und großem Faller-Bahnhof. Auch eine Dampfmaschine, Rollschuhe und Skier. Das hatte weiß Gott nicht jeder.

Die materielle Zufriedenheit änderte sich auch nicht, als meine Mutter nach einigen Jahren ihren Job im Wirtshaus aufgab, um ihr Leben auf ein neues Fundament zu stellen.

»Ich werde Klaus heiraten«, eröffnete sie mir eines Tages.

Oh mein Gott, der Stromableser. Nachdem ich daraufhin gleich mehrfach ins Klo gebrüllt hatte, brauchte ich mehrere Tage, um wieder einen klaren Gedanken fassen zu können.

Atemlos

Barfuß saß Pfarrer Frank Buschhoven mit seinem Ami-T-Shirt, das er von seiner Mutter bekommen und über die Jahre gerettet hatte, immer noch an seinem liebsten Ort, die Schönenbacher Marien-Statue immer im Blick. Die Blue-Jeans waren verwaschen, wie es sich für einen gehörte, der als junger Kerl gemeinsam mit Plenzdorf Werthers neue Leiden tief bewegt hinter sich gebracht und stone washed noch wörtlich genommen sowie selbst in die Tat umgesetzt hatte. Eine Blue-Jeans war ja gut und schön. Nur blau durfte sie nicht sein. Doch um das zu ändern, gab es ja Wasser und Steine, mit denen man sie bis zur Blasenbildung an den Händen malträtieren konnte. Doch ein waschechter Teenie kannte keinen Schmerz. Warum hätte das bei Frank auch anders sein sollen?

Der Pfarrgarten war für den jungen Priester jedenfalls so etwas wie sein Heiligtum. Dort fand er die Ruhe, die er zum Leben brauchte, dort konnte er nachdenken über Gott und die Welt, über die großen Augenblicke und die kleinen Momente, über Täuflinge und Sterbende, über Beichtende und Schweigende, über den Alltag im Dorf und dessen Außerordentlichkeiten, von der Spielplatzeinweihung bis hin zur neuen Feuerwehrspritze – den großen Horizont also immer im Blick und gleichzeitig auch die Kleinigkeiten zum Greifen nahe. Wie ein Kind gefreut hatte er sich über die neue Gartenbank aus massivem Buchenholz, die ihm die Priesterkollegen anlässlich seiner Ernennung zum Dechanten geschenkt hatten. Sogar sein einziger Mitbewerber um das begehrte Amt im kleinen Kirchenbezirk, der Kollege Alfred Gockel, war so fair, einen stattlichen Obolus zu leisten.

Und während Frank Buschhoven immer noch Kommata und Punkte, Buchstaben und Sätze, ja ganze Passagen seiner Predigt vor dem geistigen Auge schüttelte und quälte, weil er weder den Kampf gegen die Hitze aufzugeben gedachte noch bereit war, den Inhalt seiner Ansprache nicht bis zur sprachlichen Erschöpftheit immer wieder neu zu beatmen, brachte Paula Brandt Kaffee und Gebäck. Schon von weitem hörte er sie ungeachtet seiner tiefen Konzentration und Andacht feixen: »Sollen wir's mit dem Klappergestell noch mal versuchen oder wäre es vielleicht doch besser, wenn wir uns auf die Wiese setzten?«

Eine aufbrausende Reaktion wäre hier zwar vielleicht angebracht gewesen, hätte dem Naturell des Priesters gleichwohl in elementarer Weise widersprochen. Der beschränkte sich stattdessen darauf – so, wie er es in derlei Situationen stets zu tun pflegte – die Augenbraunen zu heben und einfach nur zu grinsen: »Heute wohl wieder Scherzkekse gebacken, Frau Brandt, oder was?«

»Nein, Herr Buschhoven. Diese Kekse hier habe ich im Laden gekauft. Trotzdem versuche ich es noch einmal mit Ihrem Wackeltisch. Vielleicht schenke ich Ihnen zum Geburtstag einen, dessen Beine gleich lang sind.«

»Sie sind nicht nur als Hausfrau einsame Spitze, sondern auch als Lästermaul.«

»Ich weiß. Trotzdem ist es mit der neuen Bank allein nicht getan, sie sollten Ihren Investitionsplan noch einmal genau überdenken, schließlich gibt es in diesem Ort gleich zwei Geschäfte, in denen man garantiert wackelfeste Gartentische kaufen kann«, frotzelte Paula Brandt, während sie ein blankes Stück Papier aus Franks Manuskript-Wust zog, es zusammenfaltete und behutsam unter die schwankende Plastiktafel keilte.

»So, jetzt kann's losgehen. Umrühren müssen Sie aber selber!«, flüsterte sie auf eine Weise lächelnd, dass es Frank Buschhoven keinerlei Umstände bereitete, sein Redemanuskript zur Seite zu legen, während Paula Brandt neben ihm Platz nahm.

»Nun, Herr Pfarrer, was macht die Predigt? Wieder was Brisantes auf Lager?«

»Hier, lesen Sie, damit Sie wissen, was am Wochenende auf Sie zukommt!«

»Nur, wenn ich am Sonntag nicht zur Kirche muss.«

»Nein, das ist Erpressung. Dann geben Sie mir die Rede lieber wieder her. Ich möchte Sie am Sonntag sehen, sonst bin ich beleidigt!«

Dass Paula Brandt und Pfarrer Buschhoven sich mochten, war in Schönenbach und Umgebung schnell bekannt. Dabei hatten nach der Amtseinführung maßgebende Pfarrgemeinderäte den jungen Priester in leidenschaftlicher, ja schon fast beschwörender Überzeugungsarbeit, mit letzter Kraft quasi, überreden müssen, Hilfe in allgemeinen Dingen des Lebens zuzulassen. Da konnte sich Buschhoven noch so winden; eine Frau musste her. Es gab kein Zurück. Denn was die Haushaltsführung ihres Pfarrers anging, schwante den Leuten Böses. Wie gut nur, dass sie die Flüche des Kirchenmanns während des Bügelns nicht auf der Straße zu hören bekamen, und wie günstig, dass nur der Kirchenmann alleine Zugang zur Pfarrhaus-Küche hatte. In den akut einsturzgefährdeten Gebirgen aus Töpfen, Tellern und drangsalierten Teewursthüllen gab es zwischen Spüle und Küchentisch kaum ein Durchkommen. Und dennoch: Seine meist zwischen klebrigen Marmeladengläsern, fettigen Wursttellern und verschmierten Eierbechern geschriebenen Predigten stießen in St.

Marien – rein inhaltlich jedenfalls – stets auf lebhafte Resonanz. Einmal, als die letzte Manuskriptseite seiner Sonntags-Predigt – wohl wieder wegen eines frischen Marmeladenflecks – am Rednerpult der Kirchenkanzel kleben blieb, Frank Buschhoven zunächst skeptisch am Papier zerrend die Stirn in Falten legte, um danach spitzbübisch zu grinsen, klatschte die Gemeinde sogar Beifall.

Frank Buschhoven und Paula Brandt hatten sich schnell aneinander gewöhnt. Sie schauten gemeinsam fern, legten ausgedehnte Leseabende ein, gingen häufig gemeinsam einkaufen oder ließen sich zusammen auf der Dorfkirmes blicken. Auf die Tanzfläche wagten sie sich nicht, und zwar aus zwei Gründen: Erstens sollte daraus zwangsläufig resultierender Gesprächsstoff unter allen Umständen vermieden werden. Zweitens wurde Frank nicht müde zu beteuern, dass ihm diese Kunst nicht nur fremd sei, sondern aufgrund dessen auch eine nicht zu verachtende Verletzungsgefahr für die Tanzpartnerin bestünde. Stattdessen aber ernteten der Priester und seine Begleitung während Vereinsjubiläen oder Siegesfeiern des Schönenbacher Fußballclubs nicht selten anerkennende Blicke, weil sie im Festzelt nicht nur mit den Honoratioren am Ehrentisch, sondern auch mit den Leuten an der Theke ein Glas Bier tranken. Einen besonders dicken Pluspunkt erhielt Frank Buschhoven, als er einmal den Jungs von der Freiwilligen Feuerwehr eine Runde Pils spendierte, nachdem diese nach dem Löschen eines landwirtschaftlichen Geräteschuppens abgekämpft im Gasthaus erschienen waren. Am darauf folgenden Sonntag saß die komplette Riege, einschließlich Wehrführer, während des Hochamts in Ausgehuniform in der ersten Reihe des Mittelschiffs.

Frank Buschhoven rührte in der halbvollen Tasse. »Wissen Sie, Frau Brandt, worüber ich oft nachdenke?«

»Woher sollte ich?«

»Ich werde es Ihnen sagen. Über die Tiefe meines Berufs. Dinge wie Schuld oder Unschuld. Recht oder Unrecht. Verbot oder Gebot. So etwas beschäftigt mich oft in stillen Momenten.«

Paula Brandt schaute auf und setzte zum Sprechen an: »Was ...«

»Nein, bitte. Lassen Sie mich den Gedanken zu Ende bringen«, fuhr der Pastor dazwischen und stützte das Kinn auf die Hände.

»Überlegen Sie einmal: Da gibt es eine kirchenrechtliche Regelung aus dem Jahr 306. 306, ist das nicht der Wahnsinn schlechthin? Das muss man sich mal auf der Zunge zergehen lassen. Seit dem Jahr 306 schreibt die westliche Kirche Bischöfen und Priestern absolute Enthaltsamkeit vor. Sie wissen, was ich meine! Der Wahnwitz daran ist, dass sich diese Lebensform Hunderte von Jahren kaum durchsetzen ließ. Aus gutem Grund, wie ich finde. Und die Ostkirche? Man mag es kaum glauben. Die ist freier. Eine vor der Priesterweihe geschlossene Ehe darf dort fortgesetzt werden. Wussten Sie das?«

»Nein, das wusste ich nicht.«

»Sehen Sie. Bei denen sind nur Bischöfe und Mönche betroffen. Und die reformatorische Kirche? Die lehnt den Zölibat strikt ab. Na klasse, Kollegen. Gebt Gas! Ich gönne es euch. Glauben Sie mir, Frau Brandt: Ich liebe meinen Beruf und ich bin aus voller Überzeugung Priester in der katholischen Kirche. Der Umgang mit Menschen, sie zu trösten, sie zu loben, ihnen zu helfen – das ist eine große Aufgabe. Doch muss ich mir meine eigenen Gefühle vorschreiben lassen?«

»Nein, müssen Sie nicht.«

»Sehen Sie!«

»Aber Sie sind doch ein prima Pfarrer.«

»Danke. Aber vielleicht bin ich, weil ich nicht alle Stränge des klassischen Katholizismus nachvollziehen kann, am Ende doch kein guter Seelsorger. Zumindest wohl niemand von der Sorte, wie sich ihn die Amtskirche vorstellt. Manchmal weiß ich selbst nicht mehr, was Gut und Böse, Recht oder Unrecht ist. Ja, da kommen schon Selbstzweifel auf. Das muss ich gestehen.«

»Was ist los mit Ihnen? So kenne ich Sie ja gar nicht. Sitzen hier rum, keine Strümpfe an den Füßen, unrasiert und mit flatterndem Hemdchen. Wie ein Halbstarker auf seinem Moped, das nicht anspringt. Was wollen Sie mir eigentlich sagen, Herr Buschhoven?«, fragte Paula Brandt und zuckte mit den Achseln. Der Priester richtete sich auf, zupfte sein T-Shirt gerade und schüttete Kaffee nach: »Das lässt sich auf eine ganz einfache Formel bringen: Ich bin zufrieden, aber nicht zufrieden genug. Mir fehlt noch etwas zu meinem Glück. Sehen Sie mich doch einmal an! Ich bin ein Mensch aus Fleisch und Blut. Ich höre nicht nur Orgel-Musik, mir gefallen auch Rock und Pop. Ich trage Jeans und Strohhüte. Und ich sehe auch nicht weg, wenn eine hübsche Frau an mir vorbei marschiert. Ich gehe schwimmen, mache Langlauf und spiele Fußball. Und dann soll ich auf die Kanzel steigen und die Synthese von Keuschheit, Sünde und Moral verkünden.«

Paula Brandt schüttelte den Kopf: »Aber das müssen Sie doch nicht.«

»Richtig. Das muss ich nicht. Dazu zwingt mich auch kein Bischof oder sonstiger kirchlicher Würdenträger. Viele befinden sich inzwischen sogar auf einem ausgesprochen liberalen Kurs. Und das ist auch gut so. Doch niemand spricht es offen aus. Alles ist verschlüsselt, codiert und verklausuliert. Geheime Kommandosache. Der katholische Anachronismus lebt. Der Bischof fährt Alfa, soll zwei Kinder haben und kuscht. Sein Nachfolger raucht womöglich während öffentlicher Versammlungen dicke Zigarren und trinkt Bier, redet viel, sagt nichts. Doch ist Schweigen nicht auch Tun? Widerstand. Kaum noch ein Mensch in diesem Land ist in der Lage, wirklich Widerstand zu leisten. Ich weiß auch warum. Weil wir alle von irgendwem oder irgendetwas abhängig sind, meist sogar existenziell.«

»Stimmt.«

»Dann halten wir lieber den Mund, machen dicht, sacken die Mäuse ein und ziehen uns zurück ins stille Kämmerlein.«

»Und was nun?«, fragte Paula.

»Ich habe für mich entschieden, dass ich nicht mehr bereit sein möchte, eine Sorte von Widerstand aufrechtzuerhalten: nämlich die gegen mich selbst, die gegen mein Gefühl, die gegen mein Leben. Mein Gott, wo sind wir denn?«

»Ich muss gestehen, Herr Pfarrer. Ich kann Ihnen nicht ganz folgen.«

»Ich bin ja auch noch nicht fertig.«

»Also?«

»Also: Ich kann meinen Beruf doch auch dann ausfüllen, wenn ich alle Gefühle leben darf. Berühren und berührt werden. Was ist daran verwerflich? Darf ich nur die Hand von Kranken und Sterbenden anfassen? Nein, nein. Nicht, dass da jetzt ein falscher Verdacht aufkommt. Ich akzeptiere meine Kollegen, auch und besonders die jüngeren, wenn sie in der vorgeschriebenen Weise mit dieser Situation umzugehen imstande sind. Ich zolle ihnen sogar meinen höchsten Respekt. Mir persönlich geht es nur um ein gewisses Stück Normalität; ja, wohl auch Qualität. Natürlich werde ich diesen

Kirchenapparat nicht auf den Kopf stellen, das kann und will ich nicht. Aber ich werde mich bis zu meinem letzten Atemzug einsetzen für ein hohes Maß an Freiwilligkeit und Freiheit.«

Paula Brandt nickte: »Das finde ich gut. Das ist sogar nicht nur richtig, sondern auch sehr, sehr mutig.«

»Genau, und deshalb komme ich nun auf den Punkt. Denn eines steht fest: Ich will mehr als nur Küche und Garten. Mehr als Einkaufen und Dorffest. Mehr als Kirche und Beichte. Nicht nur Beerdigungen, Taufen, Hochzeiten und Kommunion. Das ist mir nicht genug. Paula, ich will mehr!«

Ein kurzes Zucken, ein dumpfes Hämmern. Reflexionen, die niederprasselten wie ein heftiger Gewitterregen. Die junge Frau fuhr zusammen. Ohne den Kopf zu bewegen, riss sie die Augen auf, während der Rest ihres Körpers wie in Stein gemeißelt erstarrte. Ihr fester Blick traf das Gesicht des Kirchenmanns, der, als würde er nun frösteln, dem, was er noch eben von sich preisgegeben hatte, keine Silbe mehr hinzufügen konnte. Wie ein Tornado war das Innenleben des Priesters über das ganze Dorf hinweggefegt, um sich danach einer schützenden Haube gleich über die Vertrautheit des Pfarrgartens zu legen. Während des Sprechens hatten sich all seine Gefühle vergegenwärtigt, verdichtet und entladen; der Seelenkater nahm Reißaus.

Wie feinste Seidenfäden glänzten Paulas Haare in der heißen Juni-Sonne. Stille war eingekehrt. Eine Ruhe, die es gestattete, den eigenen Pulsschlag zu hören. Wie Kastanien leuchteten die Augen der Frau, deren Hände mit einem Mal losflatterten wie Schmetterlinge auf freiem Feld. Ja, tatsächlich, man sah es immer deutlicher: Sie hoben ab, brachen auf, um Frank herum, mal wild, mal taumelnd. Sie tanzten immer wilder, landeten auf seiner Haut, im Gesicht, an den Armen und am Hals, überall. Und wieder setzten sie an zu einem neuen Flug, Schwindel erregend, noch gewagter, noch riskanter. Wie aufgeregt sie um den Schwankenden flatterten, wie sanft sie ihn berührten, wieder und wieder, wie sie ihn streichelten und hinabtauchten, wie in eine harrende Blüte, allein auf freiem Feld. Oh diese fidelen, wanderlustigen Gesellen, jetzt schaukelten sie weiter, in die Höhe und hinab, mit den gelben Flügeln und dem schwarzen Saum aus Spitzen. Ja, man sah es ganz deutlich, jetzt feierten sie ein großes Fest. Kleine Postillons, verlasst mich nicht, bleibt hier mit euren Augen rot wie Glut. Ich will euch fühlen, mein Leben lang.

Doch was ist das? Immer noch kein Ende des Glücks? Nun schwebten Paulas Arme auf; als wären sie vom Wind getragen, legten sie sich wie seidene Tücher wärmend um den Hals. Längst schon hatten die Vögel ihr Zwitschern eingestellt, obwohl sie sich nach wie vor und aufgeregter denn je von Ast zu Ast katapultierten. Und obwohl der milde Juni-Wind nun tapfer auffrischte, drang die Leichtigkeit, mit der er das Rauschen tausender Blätter in Baumkronen und Hecken wie ein stolzes Orchester zum Klingen brachte, nicht mehr ans Ohr. Die Erde duckte sich. Akustischer Stillstand. Auch im Dorf. Keine Motorengeräusche, keine spielenden Kinder, keine Schritte von Passanten. Nichts. Die Normalität im Pfarrgarten St. Marien und um ihn herum hatte sich von der Welt abgewandt. Für eine Spanne, die nicht messbar war. Vielleicht nur für einen Augenblick, einen winzigen Moment. Oder waren es vielleicht doch Stunden – oder sogar Tage?

Die Fingerspitzen an die Unterlippe gepresst, starrte Paula Brandt den Kirchenmann zitternd an. Der nahm behutsam ihre Hände, um sie zu seinen Lippen zu führen. Während

Frank die Fingerkuppen der Frau küsste und die Augen schloss, legte Paula den Kopf sanft an seine Schulter. Und schon kamen die Schmetterlinge wieder, und die Tücher, und noch viel mehr. Ein Sommervogel hatte sich derweil auf der Statue der Muttergottes niedergelassen. Die aber stand unverändert aufrecht und voller Stolz auf ihrem Fundament. Ihre leicht bemoosten Hände hielt sie nach wie vor schützend über den Grund; ihr sanftes Lächeln hatte sie behalten. Maria war zufrieden.

Sieglinde und Paul

Verheißungsvolle, ungewisse schöne Welt«, pflegte Frank Buschhoven zu sagen, wenn sich Paula Brandt auf dem Sofa neben ihn schmiegte und ihm zuhörte, auch, wenn es um Mutters Eskapaden oder um Vaters Krankheit ging. Bei Kerzenschein und einem Glas Wein sinnierten sie dann auch und immer wieder über alle nur möglichen Eventualitäten, die aus ihrer Liebe erwachsen könnten.

»Wir machen nichts Verbotenes, wir sind Menschen wie alle anderen auch. Du engagierst dich für die Kirchengemeinde sogar weit über Gebühr«, stellte Paula immer wieder von neuem klar, während sie Frank durchs Haar strich.

»Wir machen unseren Job beide gut. Die Gemeindemitglieder akzeptieren und respektieren uns; ihren Pfarrer ebenso wie die Frau an dessen Seite.«

»Ja, eigentlich schon. Und unser Zusammenleben funktioniert – selbst in der Öffentlichkeit, auch wenn das wahre Glück versteckt werden muss. Aber das soll wohl so sein. Der Schein verlangt danach«, konstatierte Paula.

»Ein wahrhaft süßes Geheimnis! Danke, Schicksal, dass du uns zusammengeführt hast. Einfach wunderbar, dass alles so gekommen ist. Und lassen wir uns über diesem einem Wunder gleichen Wink des Lebens endlos freuen. Komm, wir teilen ihn einfach wie eine stolze Beute«, flötete Frank.

»Nur zu gerne, mein kleiner Philosoph. Lass uns den Weg gehen.«

Sieglinde Geiger-Degenhardt war leicht untersetzt, braunhalsig und trug am liebsten teure Stoffe. Ihr Outfit, das sah man auf den ersten Blick, stammte weder vom Discounter noch aus dem örtlichen Fachhandel. Zum Anschaffen ihrer Garderobe nahm sie stattdessen weite Reisen in Kauf, die sie bis nach Mailand oder Paris, am liebsten aber bis in die Stadt des Heiligen Vaters nach Rom führen konnten. Auch die sie umgebende und schon fast sichtbare Parfümwolke hob sie von ihren Alters- und Geschlechtsgenossinnen im Dorf deutlich ab.

Sieglinde Geiger-Degenhardt hatte immer was zu tun. Mal sah man sie im Pfarrheim, wo sie die protokollarische Ordnung der Sitzreihen für die nächste Verwaltungsratsdebatte kontrollierte, mal erkannte man sie durch die große Schaufensterscheibe beim Friseur, wo emsige Fachkräfte mit sicheren Pinselstrichen die Strähnchen in satten Rot-Tönen auffrischten. Auch in der Kirche hielt sich Sieglinde Geiger-Degenhardt regelmäßig auf. Während der Gottesdienste hatte sie ihren Stammplatz im linken Seitenschiff, erste Reihe; dort, wo das geblümte Sitzkissen aus Brokat mit zwei Schlaufen an der Bank festgeknotet war. Nur mittwochs, wenn die Putzfrau zu den Geigers nach Hause kam, blieb Sieglinde daheim. Dann zeigte sie der Reinigungshilfe, worauf es ankommt. Sieglinde Geiger-Degenhardt war nämlich ziemlich penibel. Alles hatte seinen festen Platz, an Sauberkeit und Ordnung durfte es nicht fehlen. Ihre Pflichten nahm sie wahrlich ernst. Deshalb kam es auch nicht selten vor, dass die junge Türkin weinend das Haus verließ.

Frank Buschhoven kam es darauf an, auch in der Zivilgemeinde präsent zu sein. In der Altherren-Riege des Fußballclubs hatte er es schnell zum Mannschafts-Kapitän gebracht, und die 5000 Meter lief er immer noch mühelos unter 23 Minuten. Da kam Gymnasiallehrer Paul Frei doch immer wieder gehörig ins Schwitzen, wenn er mit dem Theologen durch die Wälder rannte. Mit dem Pädagogen für Mathematik und katholische Religion hatte sich Frank Buschhoven bereits nach kurzer Zeit angefreundet. Nach ihren regelmäßigen Dauerläufen saßen sie meist noch eine Weile auf einer Bank am Waldrand. Von der Anhöhe am Schotterparkplatz hatte man einen einzigartigen Blick auf Schönenbach, wo am späten Nachmittag bereits wohltuende Ruhe eingekehrt war. Der ganze Ort auf einen Blick – dieses Panorama zu erleben war nur von dieser einen Parkplatzbank aus möglich. Wie ein großer Schoß hatte das Tal den Eifel-Ort gnädig aufgefangen. Die Spitzen von Fichten und Tannen bildeten eine wie an der Schnur gezogene Linie nach Süden hin, stachen gleichzeitig hinein in den Himmel, der sich scheinbar nicht zu wehren vermochte. Überragt wurde der Wald nur von drei gewaltigen Windrädern, deren Rotorblätter in gleichmäßigen Zügen und ungeachtet aller neidvollen Proteste ihrer Feinde majestätische Runden drehten.

Unten im Dorf war der Tag gelaufen. Schon kurz nach 18 Uhr hatten die Straßen nichts mehr zu tun, lagen nur noch nutzlos da, nachdem die Geschäfte geschlossen und die Kaufleute ihre Geldbomben mit Ohren betäubendem Lärm in den Eisenschacht der Bankfiliale gerammt hatten, als gelte es, einen Feind in die Flucht zu schlagen. Selbst die Hauptstraße, die sich in übermütiger Breite wie ein fetter Strich spaltend durch den Ort zog, war so gut wie menschenleer. Nur ein paar Kinder spielten in einer Hofeinfahrt noch Fußball, während die samstäglich polierten Mittelklassewagen widerstandslos in den Garagen ihrer Besitzer untertauchten in der Erwartung, am nächsten Morgen zum nächsten Parkplatz getrietzt zu werden. Nun konnten auch die Laternen an den Peitschenmasten wie jeden Abend damit beginnen, ihren Kampf gegen die Dunkelheit zu führen. Zeit für die Schönenbacher Bürger, sich auf die Nacht vorzubereiten.

»Wir sollten unser Lauftraining intensivieren«, regte Frank Buschhoven lauthals an, während er die langen Beine ausschüttelte.

Paul Frei stutzte: »Was hast du vor?«

»Marathon«, stöhnte der Priester.

»Bist du wahnsinnig? Kannst wohl nicht genug bekommen, was?«, flachste Paul Frei, der sich zum Dehnen einen rustikalen Baumstumpf ausgesucht hatte.

»Warum nicht? Man soll die Herausforderungen des Lebens annehmen«, argumentierte Frank Buschhoven. »In jeder Beziehung.«

»Stimmt. Allerdings weiß ich nicht, was Petra dazu sagen würde. Ich bin oft genug von zu Hause weg. Und dass, obwohl ich nur ein fauler Lehrer bin.«

»Stimmt«, lachte Frank. »Aber Petra. Ja. Das wäre für einen wie dich in der Tat ein Grund, die Sache von der anderen Seite zu betrachten«, gestand Frank, während er auf der Stelle damit begann, seine Gedanken zu sortieren. Er hasste es, wenn er sich dabei erwischte, zu schnell zu sein. Zu häufig nämlich hatte er in der Vergangenheit festgestellt, dass er die Zügel anziehen musste, wenn die Begeisterung mit ihm durchzugehen drohte. Nicht, dass ihm bisher irgendetwas wirklich leid täte. Nein. Er musste sich bloß das Ziel setzen, langsamer zu denken und bedächtiger zu handeln. Auch in Anbetracht der Vertrautheit zu Paul Frei schien es ihm durchaus angemessen, die Initiative nicht immer nur von ihm selbst ausgehen zu lassen oder einfach nur drauflos zu plaudern, womöglich dabei nun auch noch Paula mit ins Spiel zu bringen. Mit etwas Übung würde ihm dies eines Tages sicher gelingen, ohne immer wieder lange darüber nachdenken zu müssen, an welcher Stelle er sich zu bremsen hat. Dann endlich würde er sein wie die Sonne, der man ja in

Wirklichkeit nichts anhaben konnte und deren Strahlen es mit der Beständigkeit ihrer ganzen Kraft gelingt, den Tag immer wieder Tag werden zu lassen.

»Was glaubst du eigentlich, Frank, wie viele katholische Priester den Zölibat brechen. Und wie viele deiner Kollegen ein Kind haben. Die Kirche duldet das. Zwar stillschweigend, aber immerhin. Man sollte das alles nicht so eng sehen«, las Paul Frei in ihm.

»Ich weiß, mein Lieber. Ich weiß.«

»Also, Frank. Lebe dein Leben. Genieße es! Auch du bist nur ein Mensch, dessen Leben befristet ist. Was macht es schon für einen Sinn, sich selbst zu knechten?«

Sich selbst zu knechten war auch nie eine Eigenschaft von Paul Frei. Er war jemand, dem die Dinge schon in seiner Jugend zufielen; einfach so. Sein Vater, ebenfalls Mathematik-Lehrer, erzog Einzelkind Paul zu äußerster Disziplin, ohne ihm jedoch wesentliche Freiräume zu nehmen. Das galt auch für seine Mutter, eine strenge, aber weltoffene Katholikin.

Paul Frei war stets ein guter Schüler, dafür sorgte sein Vater schon. Ärger mit dem alten Herrn gab es nur ein einziges Mal so richtig, als Paul Frei sich entschloss, den Wehrdienst zu verweigern. Während Vater Frei seinem Sohn vorwarf, sich vor Ordnung und Disziplin zu drücken und damit die »freiheitlich demokratische Grundordnung« unterlaufen zu wollen, berief sich Paul darauf, niemals eine Waffe auf einen Menschen richten zu können. »Wir müssen die Menschen als Menschen begreifen und nicht als Kanonenfutter gewaltbereiter Militär-Regime«, wehrte sich der junge Frei tapfer. Den Zivildienst absolvierte er auf der DRK-Rettungswache in Prüm, am Gipfel des Kalvarienbergs zwischen Hospital und Pferde-Ranch, zwischen Wacholderland, Kreuzweg und zugewuchertem Explosionskrater. Nicht weit entfernt von diesem Idyll machte er hinter den frugalen Fassaden Eifeler Einfamilienhäuser und auf den Straßen des Prümer Landes erste Erfahrungen mit Not und Elend, lernte Schlaganfälle und Frakturen durch enge Treppenhäuser bugsieren, sah, wie verwundete Köpfe an der Windschutzscheibe klebten, nahm wahr, wie Blut und verbranntes Menschenfleisch rochen und erfuhr wie es war, die Hand Sterbender zu halten. Da sein Vater schnell erkannte, dass es wohl auch dort ohne Ordnung und Disziplin nicht geht, ließ sich das Familienoberhaupt besänftigen. Außerdem diente Paul Frei bis zur Aufnahme seines Mathematik-Studiums die heilige Messe, was ihm hohe Anerkennung sowie die Aussicht auf monetäre Unterstützung durch das Elternhaus auf lange Sicht bescherte.

Frank Buschhoven und Paula Brandt hatten die Angewohnheit, morgens zeitig aufzustehen. Um 7 Uhr klingelte der Wecker, um 7.30 Uhr saßen beide am Frühstückstisch. An diesem verregneten Dezembermorgen hatte Paula Verspätung. Frank, wie immer in den Lokalteil der Zeitung vertieft, nahm keine Notiz davon, dass sich seine Lebensgefährtin wesentlich länger als üblich im Bad aufhielt. Der junge Theologe bohrte sich wie gewohnt in die Artikel auf der »Schönenbacher Seite». Die Berichterstattung über die jüngste Gemeinderatssitzung, in der es um die Erneuerung der Straßenbeleuchtung am Kirchplatz ging, weckte an diesem Tag sein besonderes Interesse. Kaffee schlürfend und – ohne hinzusehen – Butter aufs Brot schmierend, las er weiter und vergaß dabei – eigentlich wie an jedem Morgen – Raum und Zeit. Diese Angewohnheit Frank Buschhovens hatte in der Vergangenheit bereits zu der einen oder anderen kleinen »Aussprache« zwischen ihm und Paula Brandt geführt. Sie fand sein Verhalten am Frühstückstisch »unmöglich« und ihr gegenüber »einfach reichlich unhöflich». Mit dem Argument, schließlich stets bestens informiert das Haus verlassen und mit allen Dingen des dörflichen Lebens vertraut sein zu wollen, konnte Zeitungsleser Frank bei der Beschwerdeführerin allerdings nicht landen. Erst nach seiner stets mit reichlich Gestik versehenen Einlassung, wonach er ja schließlich wieder den ganzen Abend und die ganze Nacht für sie – und nur für sie – zur Verfügung stehe, und dies selbstredend mit Haut und Haaren, gab Paula mit einem Lächeln nach. »Du bist einfach der süßeste Kindskopf, den ich kenne«, zirpte sie dann meist, bevor Frank umblätterte und weiter las.

Als Paula Brandt an diesem Morgen die Küche endlich betrat, schaute Frank Buschhoven wie gewohnt kurz auf. Doch diesmal las er nicht weiter. Nach einem zögernden »Guten Morgen«, ein Gruß, der diesmal mehr wie eine Frage klang, legte er die Zeitung zur Seite. So blass und ausgelaugt hatte er seine Paula noch nie gesehen.

Dabei hatten Frank und Paula erst vor ein paar Wochen Urlaub gemacht. Italien war ihr Ziel. In den Abruzzen genossen sie den warmen Herbst. Untergebracht waren sie in einer verträumten Pension, tranken mit der Großfamilie Wein, aßen landestypische Gerichte, meist Fisch, verständigten sich mit Händen und Füßen und zogen sich – manchmal erst spät in der Nacht – in ihr kleines Zimmer zurück. Schnell lernten sie die mittelitalienische Region schätzen: kleine, sympathische Dörfer inmitten einer Vegetation, deren Farbenvielfalt und Frische nicht nur Touristen, sondern besonders den in ihnen lebenden, tief gläubigen Menschen Kraft geben. Außerdem: Fast jedes Dorf, noch so klein und vermeintlich unbedeutend, rühmte sich einer Persönlichkeit, die irgendwann einmal zum Schutzheiligen erwählt wurde und der die Dorfbewohner ewige Liebe und Ergebenheit gelobten. Die Reliquien bewahrten sie sorgsam auf und beteten sie leidenschaftlich an. Und stets handelte es sich bei den Patronen um Heilige, die in den Abruzzen geboren wurden oder ihre bizarren Wunder dort wirkten.

Frank wollte schon immer einmal in die Abruzzen reisen. Bereits zu Hause hatte er Paula von dem eucharistischen Wunder von Lanciano berichtet. Wie immer, wenn Frank erzählte, tat er dies mit Hingabe. Dann setzte sich Paula ihm einfach gegenüber, nur, um ihn anzuschauen. Manchmal vergaß sie sogar das Zuhören, so begeistert war sie von dem Mann, dessen Charisma das ganze Zimmer einzunehmen schien. »Wie schön, dass du dich so freuen kannst«, dachte Paula Brandt in diesen Momenten. Du hast ja keine Ahnung, wie sehr ich dich liebe.« Und wenn Frank Buschhoven seinen Monolog beendet hatte, sprang Paula mit Schwung auf seinen Schoß, um ihren »großen Philosophen« zu schütteln, bis ihm die Haare zu Berge standen und er noch jungenhafter aussah als wenige Minuten zuvor.

Jedenfalls soll es um 700 nach Christus gewesen sein, da in der Kirche dieses Abruzzen-Städtchens ein Priestermönch daran zweifelte, dass die geweihte Hostie wirklich der Leib Christi und der Wein sein Blut sei. Der Mönch feierte die Heilige Messe, doch nachdem er die Konsekrationsworte gesprochen hatte, sah er, wie die Hostie sich in Fleisch und der Wein in Blut verwandelten. Seitdem ist Lanciano Ziel tausender Pilger.

»Das glaubt du doch wohl selber nicht«, sagte Paula Brandt, als Frank Buschhoven ihr die Geschichte vom Priestermönch an Ort und Stelle noch einmal erzählt hatte.

»Natürlich glaube ich das nicht«, antwortete der Priester. »Doch das ist nicht entscheidend. Entscheidend ist lediglich die aus dieser Geschichte resultierende Ehrfurcht. Das heißt: Die Überlieferung möchte, dass die Menschen an den einen Gott glauben. Zweifel sollen vollkommen unangebracht sein. Die Überlieferung übt quasi einen gewissen Druck aus auf diejenigen, die es wagen, Fragen zu stellen oder irgendwelche Dinge in Zweifel zu ziehen.«

»Das ist ja wohl aber nicht gerade die besonders feine Art!«, kommentierte Paula.

»Stimmt. Aber es verschafft gehörigen Respekt. Und Ergebenheit. Eine strenge, ja brutale Erziehung zum Glauben, wenn du so willst. Disziplin und Unterwürfigkeit stehen über allem. Wer nicht glaubt und sich nicht sämtlichen fundamentalen Grundsätzen fügt, erlebt praktisch sein – blaues – Wunder«, erklärte der junge Kirchenmann und nahm seine Begleiterin an die Hand.

»Und wie willst du als Priester das ganze Zinnober jungen Leuten erklären?«, fragte Paula Brandt.

»Indem ich ihnen sage, dass wir heute in einer anderen Welt leben. Wir wissen heutzutage viel. Verdammt viel. Vielleicht viel zu viel. Deshalb werden wir immer unruhiger. Wir stellen immer mehr Fragen. Wagen es, in die Tiefe zu gehen. Junge Menschen müssen nicht an Wunder glauben. Sie sollten es auch nicht. Aber sie dürfen, wenn es ihnen Ruhe, Mut und Zuversicht gibt.«

»Und was willst du ihnen letzten Endes vermitteln?«

»Ruhe, Mut und Zuversicht. Erreichbar mit den Mitteln und Werten unserer Zeit. Trotzdem auch den Glauben an Gott; und nicht zuletzt den an sich selbst. Die Zeit wird schließlich immer hektischer. Resignation, Depression, Angst. Die Menschen brauchen den Glauben, brauchen die

Kirche. Damit sie jemanden haben, bei dem sie ihren Kummer loswerden können, gibt es Priester. Ob die nun katholisch sind oder an sonst was glauben.«

In der Pfarrhaus-Küche war es jedenfalls leiser als gewöhnlich. Das Ticken der Uhr klang eher klopfend, wie feine Hammerschläge auf Metall. Sogar das Glucksen des Heizkörpers drang vom Flur aus in den Raum hinein.

»Ich habe mich übergeben«, stöhnte Paula, als sie durch die Tür kam. »Mir ist übel.«

»Was ist los mit dir? Warum hast du mich nicht gerufen? Soll ich dich zum Arzt bringen?«, fragte Frank Buschhoven besorgt.

»Danke, lass mal. So schlimm ist es nun auch wieder nicht.«

»Vielleicht hast du dir den Magen verdorben oder so was ähnliches.«

»Und wenn ich schwanger bin?«

»Das kann nicht sein. Wir haben aufgepasst.«

»Ich bin mir nicht sicher.«

Frank zog die Augenbrauen hoch und schaute schweigend aus dem Fenster.

»Lass uns erst einmal abwarten. Vielleicht ist es ja auch nur blinder Alarm.«

»Gut.« Frank hatte seine Sprache schnell wiedergefunden und war einverstanden. Er stand auf und nahm Paula in den Arm, so, wie er es immer tat, wenn sie traurig war. In diesen Momenten war er der sanfte Mann, dessen Arme sein Glück umschlangen und nie wieder loslassen wollten. Dabei schloss er einfach nur die Augen und sagte nichts. Nur sein Atem drang an Ohr und Wange, wärmte den ganzen Körper – meist auch die Seele. »Ja, das hilft«, flüsterte Paula und gab den Druck schonend zurück.

Klara Ziebig

Dechant Frank Buschhoven fuhr ins Dorf, um Krankenbesuche abzustatten. Heute schaute er nach Klara Ziebig. Die Witwe lebte allein in ihrer Zwei-Zimmer-Wohnung. Das große Quartier im Erdgeschoss hatte sie vermietet. Seit ihr Mann tot war, reichte ihr der Platz im ersten Stock. Das Treppensteigen machte ihr nichts aus. Einmal in der Woche besuchte sie den Strickkreis des Schönenbacher Heimatvereins, wo es ihre Masche war, die zum Teil verbissen strickenden Kolleginnen aufzumuntern, indem sie einfach so und auf die Schnelle ein heiteres Gespräch einfädelte. Auch Sieglinde Geiger-Degenhardt ließ sich von Klaras guter Laune immer wieder gerne anstecken und war ob Klärchens Schlagfertigkeit stets von den Socken.

Allerdings genoss es Klara Ziebig auch, sich über die »Präsidentin«, wie sie sagte, lustig zu machen. Einmal, als Sieglinde Geiger-Degenhardt die Frauen des Strickkreises mit einer etwas mager ausgefallenen Kirschtorte überraschen wollte, soll Saarländerin Klara in ihrer unnachahmlichen Art gespottet haben: »Oh, Sieglinde, wat seit ihr arm Leit. Wenn deine Mann in seine Kanschlei net mehr Ufträäsch ze zähle hat wie du heut in dä Kich mit de paar Kirsche, dann hat de net viel ze tue.«

Klaras Spott besaß Hintergrund. Peter Geiger war Gründer der Schönenbacher Anwalts-Sozietät Geiger, Forst und Leicht. In kürzester Zeit war es ihm zusammen mit seinen beiden jungen Kollegen gelungen, der Kanzlei einen außerordentlich robusten Ruf zu verschaffen. Aus der ganzen Region kamen die Klienten nach Schönenbach, wo sie nicht nur in Fragen des

Verwaltungsrechts, sondern auch in kniffligsten Familienangelegenheiten juristischen Beistand fanden. Und spätestens, seit Peter Geiger auch für den Lions-Club diente, war er im Dorf ein Mann, vor dem die Leute den Hut zogen. Denn nicht nur die Kanzlei hielten Geiger und Kollegen auf Vordermann. Auch die Belange der dörflichen Gemeinschaft standen im karitativen Blickpunkt der Juristen, die sich in erster Linie dem Schulleben und der Seniorenarbeit verschrieben hatten. Während Kanzleichef Peter Geiger in seiner Eigenschaft als zweiter Vizepräsident der Lions-Kreis-Association bei den Sommerfesten von Grund-, Haupt- und Sonderschule den Spendenscheck an die Rektoren stets persönlich überreichte, ließ er es sich auch nicht nehmen, die Arbeit des Heimatvereins zu unterstützen. Kurz vor Weihnachten erschien Geiger mit lila Krawatte und Vorzimmer-Blondine sowie einer stattlichen Abordnung des Schönenbacher Strickkreises im Altenheim »Maria hilf«, um neben dem überdimensionalen Scheck Blumen, Gebäck, Kugelschreiber und Gedenkmünzen zu verteilen. Beim Absingen von »Stille Nacht, heilige Nacht« waren die alten Menschen immer besonders angetan, wenn Peter Geiger mit feuchten Augen half, die Rollstuhlfahrer vor den mächtigen Weihnachtsbaum zu schieben.

Als Frank Buschhoven Klara Ziebigs Wohnung betrat, lag sie nicht, wie vermutet, im Bett. Putzmunter saß die alte Dame auf dem Wohnzimmer-Sofa und las das »Echo«.

»Ich denke, Sie sind krank«, wunderte sich Frank Buschhoven.

»Oh, Herr Pfarrer, isch bin net krank. Unkraut vergeht net«, lachte Klara und faltete die Zeitung zusammen.

»Und warum haben Sie mich dann gerufen?«, wollte der Dechant wissen.

»Isch muss emohl mit Ihne redde«, sagte Klara, während sie die Zeitung aus dem Handgelenk heraus auf die Kommode schleuderte, dass sie nur so flatterte.

»Was gibt's denn, Frau Ziebig?«

»Herr Pfarrer. De Leut schwätze so viel in letschter Zeit. Am schlimmschten is die Geigers. Dat alt Luder verzählt im ganze Dorf, Sie un es Paula hätte wat mitenanner. Im Lade hat se gesaacht, Sie hätte s' Paula beim Feuerwehrfescht mit der Hand op de Poppes getuppt. Nu weiß isch net, ob dat stimmt. Mir is des och egal. Dat könne se mir ruhisch glaube. Ich wor ja och mal jung, Herr Pfarrer. Ach, de Liebe is ja so scheen. Aber passe se uff, dat des Geiger-Luder Ihne do keine Strick draus dreht!«

Frank Buschhoven war irritiert. Erst die Sache mit der möglichen Schwangerschaft Paulas, jetzt das Ding mit Sieglinde Geiger-Degenhardt. Konnte schon sein, dass er Paula nach zwei, drei Bierchen irgendwann mal auf den Po geklopft hatte. Beim Feuerwehrfest? Vor zwei oder drei Wochen müsste das gewesen sein. Wie war das denn noch? Lief doch alles ganz normal. Nun gut, vielleicht hätte er das letzte Glas stehen lassen sollen. Dennoch war er an diesem Abend alles andere als betrunken gewesen. Sicher: Es war ein wirklich schönes, ausgelassenes Fest. Die ganze Zeit war er mit Paula zusammen. Es wurde viel gelacht. Die Wehrleute trieben einen Spaß nach dem anderen. Einige wollten auf der Tanzfläche eine Schaumparty feiern, leerten gleich zwei stattliche Handlöschgeräte. Das gab zwar tüchtig Ärger mit dem Wehrführer, doch nach einer guten halben Stunde war wieder Ruhe und das Tanzparkett blitzeblank. Und auch Sieglinde Geiger-Degenhardt: Die war doch erst recht reichlich angeheitert. Und Moment mal, das war doch sogar der Abend, an dem ihr Mann, der Kanzlei-Chef, beim Anblick einer fescher Blondine Stielaugen bekam, daraufhin eine Runde nach der anderen schmiss, die Krawatte lockerte, mit den italo-ledernen Schühchen mehr oder weniger rhythmisch an der eisernen Thekenumrandung scharrte wie ein junger Hengst, bevor er die blonde Frau in die Sektbar einlud. Genau. Justament in diesem Augenblick unterhielt Frank sich doch mit der Gattin persönlich, die von all dem natürlich nichts mitbekommen hatte. Stimmt, er hatte sich noch gewundert, dass es Menschen gibt, die über ein solch hohes Maß an Ignoranz verfügen. Deshalb war er auch froh, dass Frau Geiger-Degenhardt sich schnell verflüchtigte und mit Paul Frei im benässten Toilettengang des Feuerwehrgerätehauses verschwand. Endlich konnte er sich dann wieder mit der üblichen Hingabe Paula widmen, deren Augen es anzusehen war, dass sie eigentlich gerne tanzen wollte. Deshalb hatte er auch wieder die Schmetterlinge gesehen, später sogar gespürt. Zu Hause.

Allen Grund also für den Priester, ein Resümee des Gesprächs zu ziehen: »Ach. Frau Ziebig. Wissen Sie. Wir sollten das nicht so ernst nehmen. Frau Geiger-Degenhardt ist für ihr humorloses Wesen im Dorf allzu bekannt. Im Grunde ist sie kein schlechter Mensch. Ich glaube nicht, dass ihr jemand das abnimmt. Ich bin nur froh, dass Sie gesund sind«, tröstete er Klara.

»Ei, Herr Pfarrer, isch wollt Ihne des nur gesaacht habe.«

»Danke, das ist nett von Ihnen. Aber machen Sie sich mal keine Sorgen. Es wird immer so viel erzählt. Gerade in einem kleinen Ort. Da möchte jeder alles wissen wollen. Aber kaum jemand kennt die Wahrheit«, verabschiedete sich der Theologe.

»Wie se meine«, rief Klara Ziebig ihm im Treppenhaus nach. »Ihr Wort in Gottes Ohr, Herr Pfarrer!«

Beim Mittagstisch im Pfarrhaus war die Stimmung indes etwas gedrückt. Paula hatte zwar wieder Farbe im Gesicht, dennoch ließ sie ihre gewohnte Fröhlichkeit vermissen. Auch Frank gab sich ziemlich einsilbig. Er erzählte vom »Krankenbesuch« bei Klara Ziebig. Es gehe ihr schon wieder besser. Ein kleiner grippaler Infekt. Nicht mehr. Sie sei schon wieder auf den Beinen.

»Frank, aber was machen wir, wenn ...«

»... wenn du schwanger sein solltest?«

»Ja. Das darf nicht sein. Dann ist alles aus!«

»Aber Paula. Beruhige dich. Du bist nicht schwanger. Vielleicht hast du eine kleine Magen-Darmgrippe. Es gibt etliche Leute im Dorf, die sich im Moment damit herumschlagen.«

Am nächsten Morgen saß Paula bereits am Frühstückstisch, als Frank Buschhoven die Küche betrat. Der marschierte direkt auf Paula zu und drückte ihr einen Kuss auf die Wange.

»Wo ist die Zeitung?«, wollte er wissen. Doch auf diese Frage bekam er diesmal keine Antwort.

»Ich fahre heute zu einem Gynäkologen. Der hat seine Praxis in Kaiserslautern. Bei dem war ich mal vor etlichen Jahren. Dort kennt mich keiner. Frank! Ich muss Gewissheit haben!«

»Ist dir wieder übel?«

»Nein, das nicht. Es geht schon. Aber wir werden uns besser fühlen, wenn die Sache geklärt ist. Ehe ich 50 oder 60 Kilometer fahre, um mir einen Schwangerschaftstest zu besorgen, kann ich auch gleich zum Frauenarzt gehen.«

»Wo du recht hast, hast du recht. Jedenfalls wäre es nicht besonders sinnvoll, wenn du dir den Teststreifen hier in der Dorf-Apotheke besorgen würdest. Da kämen Fragen auf«, scherzte Frank Buschhoven.

»Frank, bitte!«

»Nein, Paula, ist schon okay. Ich kann dich verstehen. Und wenn ich ehrlich bin: Mir geht die Sache auch nicht aus dem Kopf.«

»Und wenn es wirklich so ist?«

»Das schaffen wir. Da fällt uns etwas ein. Wir müssen jetzt einfach nur die Ruhe bewahren.«

Starker Mann

Der Ofen bollerte ungehindert weiter, ebenso wie der Sturm vor dem Haus noch längst nicht an Rückzug dachte. Paula Brandt streifte die Wolldecke ab, weil das Feuer für flauschige Wärme im Raum gesorgt hatte, und sah ihren Sohn Klaas an: »Irgendwann verschärfte sich die Situation. Ich merkte deinem Vater an, dass er nervös wurde. Zugegeben hätte er das allerdings nicht. Er wollte immer der starke Mann sein, allen misslichen Lagen gewachsen.«

»Aber es war doch noch nichts verloren, den Kahn hätte man zu diesem Zeitpunkt doch noch mühelos auf neuen Kurs bringen können«, wandte Klaas ein.

»Stimmt«, antwortete Paula und blätterte in Franks Notizen. »Das haben wir ja auch beide versucht. Aber: Nicht alles, was dein Vater dachte oder was ihn bewegte, war mir bekannt. Er hatte mich zum Beispiel nie fühlen lassen, dass er Zuspruch und Anlehnung brauchte. Stattdessen bot er mit seinen breiten Schultern immer nur mir und später dir den Schutz, den er in Wirklichkeit genauso nötig hatte. Vielleicht hatte es mit seiner Kindheit zu tun.«, seufzte Paula und las weiter:

Ich, Frank Buschhoven, war nie ein schreckhafter Mensch. Das lag wahrscheinlich nicht nur an meinem extrem lange andauernden jugendlichen Leichtsinn, sondern auch daran, dass ich fast alles, was ich tat, konsequent zu planen hatte. Was blieb mir auch anderes übrig? Da ich zu Hause meistens alleine war, musste ich sehen, wie ich klar kam. Nicht nur meine Frühstücksbrote schmierte ich mir selbst. Es war für mich ebenfalls eine Selbstverständlichkeit, die Schuhe zu putzen, mit dem Staubsauger zu hantieren, einkaufen zu gehen oder ein Spiegelei in die Pfanne zu schlagen. Die Pedanterie ging irgendwann so weit, dass ich es nicht mehr ertragen konnte, wenn Schulfreunde, die mich zu Hause besuchten, ihre Sachen herumliegen ließen. Das brachte mir manchen Ärger ein, doch zog ich daraus rasch meine Lehren. Lieber häuslicher Schlendrian als keine Freunde, sagte ich mir.

Trotzdem ließ ich in der Schule nicht locker. Dass ich meine Hausaufgaben vergaß, war schlicht undenkbar. Im Gegenteil: Ich war immer einen Tick besser und schneller als die anderen. Das einzige, woran es haperte, war meine Handschrift. Doch darüber sahen die Lehrer im Laufe der Zeit hinweg, da mein Ehrgeiz in allen anderen Bereichen kaum Grenzen kannte. Ich war schlicht ein Einser-Schüler und von Beginn meiner Schulkarriere an der Klassenprimus. Diesen Status ließ ich mir bis zum Abitur nicht nehmen.

Nur ein einziges Mal fuhr mir der Schreck so richtig in die Glieder. Ich war in der zweiten Klasse der Grundschule, als der grau bekittelte Hausmeister den Raum betrat und dem Religionslehrer etwas ins Ohr flüsterte. Ich beobachtete genau, wie der die Farbe wechselte und mich bat, mit ihm auf den Flur zu gehen. Dort wartete meine Tante. Sie nahm mich bei der Hand und lief mit mir zu einem Taxi, das an der Straße mit laufendem Motor wartete. Erst während der Fahrt erklärte mir die Tante, was passiert war.

Nicht nur, dass mir der plötzliche Aufbruch an sich schon auf den Magen geschlagen war, weil ich ahnte, dass etwas Schlimmes passiert sein musste. Nun hatte ich auch noch die warme Heizungsluft im Taxi zu ertragen. Zudem rauchte der Fahrer eine übel riechende Zigarette. Es war einfach nicht mehr auszuhalten. Während meine Tante, die selbst in diesem Moment nur noch ein Nervenbündel war, mir ebenso ungeschickt wie mühsam erklärte, dass wir auf dem Weg ins Krankenhaus seien, erbrach ich mich. Die Tante war untröstlich. Gottlob sah der Chauffeur die Sache weniger dramatisch. Erstens wusste er um die Situation, und zweitens kannte er meine Mutter. Wir durften ihn jedenfalls mit seinem Wagen und meinem Mageninhalt alleine lassen.

Im Krankenhaus trafen wir Mutter auf dem Flur der Inneren Abteilung. Sie lehnte an der Wand und sprach mit einem jungen Arzt. Mutter sah reichlich unausgeschlafen aus. Sie hatte noch Schminke im Gesicht, außerdem trug sie dasselbe Kleid wie am Abend zuvor. Es musste wohl wieder ziemlich heftig zugegangen sein in der Kneipe. Die Amerikaner hatten sicher neuen Sold bekommen. Dann war immer besonders viel zu tun. So hatte ich meine Mutter jedenfalls noch nie gesehen.

Gemeinsam gingen wir dann an Vaters Krankenbett. »Es ist nur noch eine Frage von wenigen Stunden«, murmelte der Arzt müde, fasste meine Mutter an der Schulter und strich mir übers Haar, bevor er das Zimmer verließ. Mir war, als drehte mir jemand eine Schraube ins Hirn. Ich wusste nur, dass sich mein Leben in Kürze dramatisch verändern würde. Denn jetzt stand der Einschnitt bevor, an den ich bis dahin nicht hatte glauben wollen. Das war mir von der einen auf die andere Sekunde hin klar. Es gab kein Zurück mehr. Für Vater nicht, und auch nicht für mich. Fast jeden Tag hatte ich ihn bis dahin am Krankenbett besucht. Ich erkannte zwar, wie er schwach und schwächer wurde, und dass er immer häufiger hustete und röchelte. Doch von seiner Genesung war ich trotzdem zu hundert Prozent überzeugt. Schließlich hatte ich keinen größeren Wunsch, als mit meinem Vater weiterzuleben, weil ich ihn brauchte wie keinen anderen Menschen auf der Welt. Zwar hatte ich bis dahin irgendwie immer das erreicht, was ich wollte, zumindest materiell. Aber was spielte das eigentlich für eine Rolle?

Bei Vater war das anders. Der legte weniger Wert auf die Errungenschaften Ende der 60er Jahre als auf Verständnis und Einfühlsamkeit. Er genoss immer mein Vertrauen, und das hatte er sich durch eine ganz einfache Art der Zuwendung erworben. So waren es die vermeintlich kleinen, unauffälligen Dinge, die bei mir Aufmerksamkeit und Glücksgefühle hervorriefen. Zum Beispiel der kalte, verschneite Winterabend, als er mit mir in den Wald ging, um den Christbaum zu schlagen. Axt und Taschenlampe durfte ich tragen. Eines meiner schönsten Abenteuer. Zu Hause gab es danach Bratapfel und eine unheimlich spannende Weihnachtsgeschichte – von ihm selbst ausgedacht. An seinen Arm gelehnt schlief ich ein. Im Traum war Heiliger Abend. Eine helle Glocke erklang. Ich stand im Flur zwischen meinen Eltern. Sie hielten meine Hand, schauten sich geheimnisvoll an, küssten sich. Dann öffnete Vater leise die Wohnzimmertür: »Ob das Christkind schon da war?«, fragte er mich. Natürlich konnte ich nicht antworten, zu groß war die Aufregung. Dann der Blick ins Wohnzimmer: Genau der Tannenbaum, den mein Vater und ich geschlagen hatten, mit Lametta, Engelshaar, goldenen Kugeln und einem Meer von Lichtern. Am Fuße des Baums all die Geschenke, für mich die Rennbahn, die ich mir schon so lange gewünscht hatte. Meine Eltern freuten sich mit mir, nahmen sich in den Arm und stießen mit Wein an, während ich Transformator und Rundenzähler begutachtete. Als ich aufwachte, lag ich neben meinem Vater im Bett. Er hatte mich in mein Zimmer getragen und sich neben mich gelegt. Mutter war in dieser Nacht nicht zu Hause.

Auch an ein anderes Erlebnis mit meinem Vater erinnere ich mich gerne; an den Samstag nämlich, an dem er auf den Sportplatz kam, als ich mit meiner Fußballmannschaft mein erstes Punktspiel bestritt. Weil ich gleich zwei Tore geschossen hatte, kaufte er mir ein Eis. Es tat einfach gut, wenn er mich für meine Leistungen auf dem Fußballfeld oder in der Schule lobte oder mich tröstete, wenn ich traurig war. Außerdem war er der einzige in der Familie, der mir zuhörte. Genauso sollte es weitergehen, daran hatte ich bis zu diesem Moment fest geglaubt.

Doch nun sah ich das Ende. Die Seele weinte. Nur noch Röcheln und Schnaufen, Schnabeltasse und künstlicher Ausgang. Ein gnadenloser Abgang. Vorsichtig legte ich meinen Kopf noch einmal auf seine Brust und fasste mit der Hand seine Schulter. Normalerweise hätte er mich jetzt gekitzelt oder in die Luft katapultiert, um mich danach wieder sicher aufzufangen. Doch nun jaulte mein Vater vor Schmerzen. Der dünne Zipfel, an dem sein Leben noch hing, ließ nicht einmal mehr eine kleine Liebkosung zu. Ich rannte aus dem Zimmer und weinte. Mutter und Tante folgten mir nicht. Während mein Vater starb, saß ich auf dem Flur. Festhalten konnte ich mich nur an einer Tasse mit lauwarmem Kamillen-Tee, die mir eine alte Ordensschwester brachte. Ich wusste: Bald bin ich allein.

Beim Fleischer

In der Klasse 1 b der St. Florian-Grundschule Schönenbach roch es nach Kleber und Kerzenwachs. Die Tische waren mit Scheren, Linealen, Laubsägen, Farbkästen und Sperrholzleisten belagert. Walter trieb gerade einen Nagel in die Rückwand seiner Weihnachtskrippe. Das Ding wackelte nämlich immer noch. Maria war schon weiter. Sie klebte Moos aufs Dach. »Jetzt fehlen nur noch die Figuren«, rief sie.

»Das hast du toll gemacht«, lobte Frank Buschhoven die Schülerin, über die sich die junge Klassenlehrerin sonst immer beschwerte, weil sie in Deutsch und Mathematik nicht ruhig sitzen konnte.

»Basteln wir jetzt immer in Religion?«, fragte sie den Kirchenmann.

»Nein, nicht immer. Aber wir werden das sehr oft tun«, versprach er.

»Was basteln wir denn für Ostern?«, wollte Walter wissen, der sich soeben tüchtig auf den Daumen geklopft hatte.

»Darüber beraten wir, wenn es so weit ist«, stellte Frank Buschhoven in Aussicht und pustete so lange auf Walters Finger, bis er nicht mehr weh tat.

»Bis Ostern ist es ja noch eine Weile hin, deshalb erzähle ich euch jetzt zunächst mal noch eine spannende Weihnachtsgeschichte«, kündigte der Dechant an.

Es war mucksmäuschenstill im Klassenzimmer, als der Hausmeister den Raum betrat, um den Pfarrer ans Telefon zu rufen: »Es ist dringend, Herr Buschhoven.«

Im Sekretariat saß Erika Tauber und zeigte auf den Apparat: »Ihre Haushälterin, Herr Pastor. Sie sagt, es sei dringend.«

Frank griff nach dem Hörer.

»Ja, hallo.«

»Frank. Ich bin's. Ich bin schwanger.«

»Na, na, so was. Nun ja. Also. Du bist dir da wirklich sicher? Aber. Das hätte ich eigentlich nicht gedacht. Aber warum auch nicht? Nun, das Leben. So kann es gehen. Das kann man heilen. Aber ...«

»Was redest du da für einen unsäglichen Quatsch, Frank?!«

»Sicher. Es ist ja weiter nicht schlimm. Die Sache freut mich sogar. Irgendwie. Aber denke bitte daran, dass wir morgen mit den Messdienern über die Christmette reden. Alles andere regeln wir, wenn du wieder zu Hause bist.«

Die Sekretärin sortierte Papier, legte es von einer Schreibtischkante auf die andere, stöhnte, suchte, was auch immer, und nahm den Stapel wieder auf. Zu dumm, jetzt kippte auch noch der Nagellack um, das Fläschchen war nicht richtig verschlossen. Was für ein Stress.

»Was redest du da?«, fauchte Paula.

»Selbstverständlich. Ich werde Frau Tauber, die hier direkt neben mir sitzt, bitten, dass sie mich nach dem Unterricht daran erinnert. Ja, genau. Die Blumen und Zweige für den Altarschmuck sollte ich wirklich heute noch besorgen.«

»Ist gut ... du bist sicher nicht allein im Raum. Die Hexe hört mit, oder?«

Frank nahm tief Luft: »Du sagst es. Aber gut, dass du mich angerufen hast. Wir sehen uns dann am Nachmittag.«

Der Pfarrer legte den Hörer auf.

»Tschüss, Herr Pfarrer«, rief die Sekretärin, den Nagellackklecks mit einem Papiertaschentuch vom Boden wischend. »Schönen Tag noch!«

»Ja, natürlich; danke sehr«, stammelte Frank Buschhoven und verließ den Raum. Seine hochroten Wangen waren kaum zu übersehen.

Im Dorfladen herrschte am späten Nachmittag geschäftiges Treiben. An der Fleischtheke übten sich die Damen des Dorfes emsig in lokalrelevanter Konversation. Alle Nachrichtensperren schienen aufgehoben; zwischen Salami, Gehacktem und Blutwurst mit Fettstücken wie kirschkerngroße Geschwüre kochte die Gerüchteküche auf höchster Stufe.

Auch Sieglinde Geiger-Degenhardt war dabei: »Ah, Tach Frau Tauber. Haben Sie auch schon von der Schweinerei beim Feuerwehrfest gehört?«

»Was für eine Schweinerei?«, gierte die Sekretärin nach Information.

»Der Pfarrer hat seine Haushälterin im betrunkenen Kopf pausenlos begrabscht. Er hat sie am Hintern gepackt und auf den Mund geküsst. Er soll ihr sogar in den Ausschnitt gepackt haben!«

»Das darf doch wohl nicht wahr sein. Wer erzählt denn so was? Aber das passt genau in meine Theorie. Heute war der Buschhoven bei uns im Sekretariat. Die Paula hatte ihn angerufen. Mein Gott, war die aufgeregt. Ich musste sofort den Hausmeister nach ihm schicken.«

»Was war denn, Frau Tauber, erzählen Sie ruhig. Sie wissen ja: Ich gebe nichts weiter.«

»Ich weiß nicht genau, worum es ging. Aber irgendetwas stimmt da nicht. Der Buschhoven hat so getan, als wäre alles ganz normal. Aber das kann gar nicht sein. Dafür war die Paula viel zu aufgeregt. Die war ja richtig außer sich. Vollkommen von der Rolle. Außerdem sprach der Buschhoven davon, dass alles nicht so schlimm ist. Und dass man alles heilen könnte. Und als er aus dem Sekretariat rausging, hat er noch nicht einmal ›Auf Wiedersehen‹ gesagt. Das war schon komisch. Da ist was im Busch. Garantiert! Aber von mir wissen Sie nichts, gell?!«

»Natürlich, Frau Tauber! Natürlich. Sie kennen mich doch. Aber ich habe es meinem Mann schon vor einem Jahr gesagt. Das geht nicht gut. Die haben was miteinander. Was für eine Schande für unsere Gemeinde. Aber warte. Der Sache gehe ich nach! Oh, mein Gott. Ich wage gar nicht auszusprechen, was ich denke!«

Mit klapperndem Einkaufswagen näherte sich derweil Anna Gerhard, die, bis dahin an der Käse-Theke harrend, fast alles mithören konnte. Die Frau des Schönenbacher Pfarrgemeinderatsvorsitzenden Henning Gerhard zeigte sich bestürzt. Aufgeregt begrüßte sie die beiden Frauen, gab noch schnell ihre Bestellung auf (»Ein Viertel Leberwurst, aber von der Groben, gell Fräulein!«) und bestätigte: »Genau, Sieglinde. Das mit dem Feuerwehrfest – das habe ich auch gehört.«

»Ist das nicht unglaublich?«, wollte Erika Tauber wissen.

»Doch. Wirklich. Wenn dass nicht unglaublich ist! Heute noch rede ich mit meinem Mann ein ernstes Wörtchen. Der muss endlich was unternehmen. So einen Pfarrer hat unsere Gemeinde wirklich nicht verdient. Und ich hätte auch nie gedacht, dass die Frau Brandt so ein Flittchen ist«, echauffierte sich Anna Gerhard und schlug mit der Faust so heftig auf den Griff des Einkaufswagens, dass Bandnudeln und Reiskörner in ihren Tüten erzitterten.

Die allgemeine Empörung wurde nur für ein paar Sekunden durch die nächste Bestellung unterbrochen: »Ist das die Blutwurst aus dem Angebot, Fräulein? Dann geben Sie mir doch gleich den ganzen Ring«, rief Anna Gerhard, während Sieglinde Geiger-Degenhardt tief Luft holte und ergänzte: »Für mich auch Fräulein, für mich auch. Und das Hack, das Sie mir zurücklegen sollten. Oder haben Sie es diesmal schon wieder vergessen?«

Die Köpfe immer noch zusammengesteckt, verließen die Damen mit prall gefüllten Plastiktüten die Fleischtheke. Auch vor dem Geschäft dauerte die Unterhaltung mit unverminderter Intensität an. Erst nach weiteren zehn Minuten munteren Getratsches trennten sich die empörten Frauen, um ihren Männern das abendliche Mahl zu bereiten.

Auch Frank Buschhoven und Paula Brandt saßen beim Abendbrot und erörterten die Lage.

»Paula. Ich bin nicht der einzige Pfarrer, dem das passiert. Ich kenne etliche, die sogar mit Duldung der Diözese normal weiter ihren Dienst tun. Und so konservativ, wie du glaubst, sind die Leute in unserer Pfarrgemeinde gar nicht. Selbst die Geiger-Degenhardt. Auch die kommt wieder vom Bäumchen. Die wollen doch alle keinen Ärger. Unter den Teppich kehren, das ist ihr Ding.«

»Du machst dir die Sache ziemlich einfach. Der Herr Pfarrer denkt nur an sich und seine Gemeinde«, schrie Paula. »Wer ist denn hier schwanger? Du etwa? Wer hat in ein paar Wochen einen dicken Bauch? Wer muss morgens kotzen? Es dauert nicht mehr lange, dann kann ich nicht mehr aus dem Haus gehen. Die Leute werden mich anglotzen, grinsen, behandeln wie eine Aussätzige. Aber nein. Der Herr Pfarrer tut so, als sei dies hier die normalste Sache der Welt!«

»Aber Paula. Ich bitte dich. Natürlich bist nur du schwanger. Aber du wirst doch wohl nicht abstreiten können, dass auch ich mich in einer nicht gerade einfachen Situation befinde. Und da müssen wir raus. Wir beide. Also lass uns endlich zur Vernunft kommen. Und außerdem: Ich will das Kind. Es ist auch mein Kind. Also bin auch ich – ein bisschen – schwanger!«

Paula kreischte und sprang auf: »Na schön. Auch du bist schwanger. Meinetwegen. Aber wie, bitteschön, sollen wir das in drei Gottes Namen den Leuten hier erklären? Zum Scherzen ist mir jetzt wirklich nicht mehr zu Mute!«

Frank versuchte zu beruhigen: »Also weißt du, was immer noch am besten ist? Wir schenken unseren Schäfchen reinen Wein ein. Ich stelle mich auf die Kanzel und sage, dass wir ein Baby bekommen. Vorher fahre ich zum Bischof und erkläre ihm alles. Vielleicht hat er auch ein Kind. Vielleicht ist er wirklich schon längst Vater. Wer weiß? Das wär's doch! Es wird in dieser Hinsicht ohnehin so viel getuschelt. Oft ist was Wahres dran.«

»Erzähle mir keine Märchen, Frank!«

»Aber Paula, wie auch immer, das eine ist doch klar: Ich stehe zu dir. Und ich stehe zu meinem Kind. Und ich bin sicher, dass die Leute uns das so abkaufen, wie es ist, und sich am Ende tolerant zeigen. Am Anfang wird natürlich viel Gebrummel sein. Aber das legt sich. Außerdem haben wir Unterstützung. Denk doch nur einmal an Paul Frei. Ein Lehrer, noch dazu neben Mathematik für katholische Religion. Ein wirklich angesehner Mann. Ein Multiplikator ersten Ranges. Paul ist mein Freund!«

Doch Paula echauffierte sich weiter: »Bist du eigentlich wahnsinnig? Was geht in dir vor, Frank? Welchen Traum träumst du da? Das geht nicht gut! Wo hast du deinen Verstand? Die Leute machen uns fertig!«

Frank beschwichtigte weiter: »Aber Paula. Selbst, wenn es so kommen würde und alle Stricke reißen sollten: Dann packen wir unsere sieben Sachen und gehen fort von hier. Es gibt so viele schöne Pfarrgemeinden. Und Priestermangel ist überall. Andere nehmen uns mit Kusshand.«

»Aber ich will nicht weg von hier. Einen schöneren Platz kann ich mir für uns beide – für uns drei – nicht vorstellen. Bitte, Frank. Wir müssen uns etwas anderes überlegen. Sei doch endlich einmal kompromissbereit. Nur einmal. Nur mir zuliebe. Bitte, Frank!«

»Lass uns eine Nacht darüber schlafen!«

Der Pfarrbrief

Die Vorabendmesse am Samstag war einmal mehr gut besucht. Das zweite Adventswochenende stand an. Der erste Winterfrost hatte sich über das Dorf hergemacht, ein Räumfahrzeug streute Salz, die Körner hüpften aufgeregt über die tückisch glitzernde Fahrbahn. Viele von ihnen wurden über die Bordsteinkante bis auf den Bürgersteig geschleudert, wo sie nur wenige Minuten liegen blieben, bevor sie knisternd ihren Dienst verrichteten und schließlich wie wässrige Milch in winzigen Asphaltritzen abflossen. Die Gläubigen hatten sich in Mäntel und Jacken geflüchtet, viele trugen eine Kopfbedeckung. Ihr warmer Atem war im Schein der Straßenlaternen weithin sichtbar. Am Schönenbacher Kircheneingang verteilten Gottesdiensthelfer Henning Gerhard und Bürgermeister Ferdinand Simon den Pfarrbrief, dessen erste Seite diesmal ungewohnt dicht beschrieben war. Unter der Überschrift »In eigener Sache« fand das Blatt reißenden Absatz. Noch bevor Dechant Frank Buschhoven mit seinen Messdienern den Altarraum betrat, vertiefte sich die Gemeinde nach der Bekreuzigung am Weihwasserbecken in die Lektüre:

Liebe Mitchristen der Pfarrgemeinde St. Marien!

Gleich vorneweg muss ich gestehen, dass die Art und Weise, in der ich mich heute an euch wende, nicht gerade üblich ist. Doch unangenehme Umstände, offensichtlich begründet in haltlosen Gerüchten und peinlichen Missverständnissen, zwingen mich zu diesem Schritt. Seit nunmehr drei Jahren leben Frau Paula Brandt und ich im Pfarrhaus zusammen, um der Gemeinde zu dienen. Sowohl sie als auch ich, euer Pfarrer, machen unsere Arbeit gerne und sind von unseren vielfältigen Aufgaben dankbar erfüllt. Gottes Wunsch, mich als einen seiner Priester auszuwählen, lebe ich nach wie vor mit großem Stolz. Aber auch die engagierte Mithilfe, die ich tagtäglich im Wirken meiner Haushälterin erfahren darf, motiviert mich stets aufs Neue und lässt mich meine Pflicht als gnadenreiche Arbeit empfinden.

Ich gebe gerne zu, dass ich sicher nicht zu denjenigen Priestern zähle, die allzu sehr an den älteren Denkweisen festhalten. Dies zeigt sich in meiner Kleidung ebenso wie beim freundschaftlichen Umgang mit den mir anvertrauten Menschen. Dabei mache ich keinen Unterschied, ob ich mich gerade auf dem Fußballplatz oder im Supermarkt befinde. Und glaubt mir: Auch unser Herr Jesus Christus hat auf Offenheit und Ehrlichkeit allergrößten Wert gelegt und nichts so verabscheut wie Heuchelei.

Deshalb will auch ich heute offen zu euch sein und sage: Ja, ich mag meine Haushälterin. Genau so wie ich euch, liebe Gemeindemitglieder, mag. Und ihr sollt heute auch wissen: Meine Haushälterin erwartet ein Kind. Und weil dessen Vater sich zu dieser Schwangerschaft nicht bekennt, werde selbstverständlich ich versuchen, sie zu unterstützen. Und ihr, liebe Mitchristen, solltet mir dabei helfen, diese Aufgabe zu erfüllen. Dies könnt ihr tun, indem ihr einen fairen Umgang an den Tag legt, insbesondere zu Frau Brandt, der künftigen Mutter eines neuen, kleinen Mitglieds unserer schönen Kirchengemeinde.

So wünsche ich euch allen ein frohes zweites Adventswochenende und Gottes Segen.

Frank Buschhoven, Dechant

Den dünnhaarigen Henning Gerhard traf Dechant Buschhoven am folgenden Montag in der Buchhandlung. Henning war auf Spurensuche. Er hatte sich vorgenommen, die Unumkehrbarkeit klerikaler Grundsätze literarisch zu entdecken, die Wurzeln des Übels dort packen, wo Frank Buschhoven sie ganz offenkundig weiter zu attackieren gedachte. Als Vorsitzender des Pfarrgemeinderats war er schließlich ein Mann vom Fach, da mussten die Argumentationsbögen bei den womöglich noch anstehenden Debatten in die Lage versetzt werden, die aktuelle Spannungslage auszuhalten. In der Abteilung Sachbuch hatte er den schmalen Hals vor dem Regal in die Horizontale gebracht. Der Regenschirm diente ihm als Stütze. »Christliche Glaubenslehre und praktizierter Unglaube in konservativen Lebensräumen« hieß das Buch, für das er sich nach ausgiebiger Überlegung entschieden hatte. Henning fand sehr schnell heraus, dass dieses Werk nicht unbedingt mit seinen Denkmustern identisch zu sein schien. Doch es konnte auch nichts schaden, ein neues Feindbild zu entdecken, gegen das es sich in dessen Abwesenheit und im vertrauten Kreis lohnte, Krieg zu führen. »Pastoralpsychologe nennt der sich. Mal gespannt, was der für Ausreden auf Lager hat«, brabbelte Henning Gerhard mit Blick auf Autorenbeschreibung und Klappentext in sich hinein. Seinen Pastor nahm der Schönenbacher Pfarrgemeinderatsvorsitzende erst an der Kasse wahr.

»Gott zum Gruße«, rief Frank Buschhoven ihm zu.

»Gott zum Gruße«, stammelte Gerhard, während er das Buch zitternd in seine Aktentasche stopfte und mehr torkelnd als aufrecht gehend den Laden verließ, gerade so, als sei er soeben dabei ertappt worden, einem Hochglanzmagazin erlegen zu sein.

Die Buchhändlerin hatte größte Mühe, nicht in schallendes Gelächter auszubrechen. Ein Blick in Richtung des sich ebenfalls mit Macht um Contenance bemühenden Frank Buschhoven genügte, um zum Tagesgeschäft zurückzufinden: »Guten Tag, Herr Pastor. Spiegel und Kicker?«

»Ja, wie immer. Spiegel und Kicker. Man muss ja auf dem Laufenden bleiben.«

Auf dem engen Bürgersteig vor dem Bücherladen begegnete der Dechant Sieglinde Geiger-Degenhardt. Da sich gleichzeitig mehrere Schulbusse durch die schattige Häusergasse schoben, gab es kein Ausweichen. Bei ohrenbetäubendem Lärm standen sich die Passanten deshalb zunächst ziemlich hilflos gegenüber.

»Guten Tag, Frau Geiger«, schrie der Theologe deshalb erst einmal in dem Bemühen, wenigstens irgendetwas aus der Situation herauszuholen.

»Tach, mein lieber Herr Buschhoven«, blökte Sieglinde Geiger-Degenhardt. »Mein Gott, man versteht sein eigenes Wort nicht mehr. Außerdem sind die Bürgersteige hier viel zu eng, blödes Kaff«, schimpfte die Frau, die sich in großer Eile zu befinden schien. Dennoch schaffte sie es, sich trotz der prekären Verkehrssituation an Frank Buschhoven vorbeizuschieben. Dass ihr Rock dabei an der Hauswand entlang schrabbte, war gleichwohl unvermeidlich. Entsprechend böse fiel der Blick auf den nun frisch gekälkten, römischen Zwirn aus: »So ein Mist.«

Die Schwangerschaft

Schwangerschaft und Geburt sind natürliche Vorgänge und stellen keine Krankheit dar. Manchmal können sie allerdings mit einem erhöhten Risiko für Mutter und Kind belastet sein. Eine sorgfältige Schwangerschaftsbetreuung hilft, einen großen Teil dieser Risiken zu vermeiden oder rechtzeitig zu erkennen.«

»Das hast du aber sehr schön gesagt. Oder wo hast du das abgelesen?«, spöttelte Paula.

»Hier, dein Mutterpass«, rief Frank Buschhoven, in seiner ganzen Länge auf dem Wohnzimmersofa lümmelnd. »Gleich auf der zweiten Seite steht es.«

»Ja, Frank. Ich weiß«, winkte Paula Brandt kopfschüttelnd ab. Sie hatte sich mit einer großen Schale Erdbeeren neben den Pfarrer gesetzt und in eine Decke gehüllt.

»Bedenken Sie bitte, wie wichtig die vor Ihnen liegenden Monate für Sie und Ihr Kind sind«, las Frank Buschhoven weiter.

»Ja, Frank. Auch das weiß ich. Und deshalb esse ich jetzt Erdbeeren.«

Frank blätterte im Mutterpass. »Aha. Das letzte Ultraschall-Foto. Hatte noch gar keine Zeit, es mir genau anzusehen. Der Kopf, das ist der Kopf. Ob da schon Haare drauf sind? Man kann das nicht sehen, weil da oben alles schwarz ist. Aber hier. Die Hand. Das müsste die Hand sein. Klar, das ist die Hand, und der Arm noch dazu. Sieht fast so aus, als hätte unser Baby den Daumen im Mund. Komisch. So klein, und schon am Daumen lutschen. Und hier die gepunktete Linie. Das müsste der Kopfdurchmesser sein. Zumindest irgendeine Diagonale. Seltsam. Die Linie führt bis zum Kinn hinunter, wenn ich das richtig deute. Dann kann es ja eigentlich nicht der Kopfdurchmesser sein.«

»Ich glaube, in dem Punkt irrst du. Wir hatten schon einmal darüber gesprochen«, erklärte Paula. »Du meinst wahrscheinlich den Kopfumfang, nicht den Kopfdurchmesser, du Kindskopf! Den Kopfumfang misst man unmittelbar nach der Geburt.« Paula lachte und schüttelte den Kopf.

»Also, gut. Natürlich. Du hast Recht. Ich habe mich wohl geirrt. Wahrscheinlich, weil das alles hier mit Zahlen und Linien zu tun hat. Und ich dachte immer, ich sei ein guter Mathematiker.«

»Vielleicht einmal gewesen, mein Schatz, gewesen«, lachte Paula.

Frank rätselte unterdessen weiter: »Aber das hier ist ja wohl wirklich eine Wissenschaft für sich. Oder ich habe alles verlernt. Das muss der Zustand sein. Die Schwangerschaft. Die nimmt mich mit. Übrigens, hier auch. Genau an dieser Stelle. Siehst du? Oh, Gott. Mit diesen Zahlen komme ich auch nicht klar. Nur Datum und Uhrzeit sagen mir was. Schade, dass ich bei den Untersuchungen nicht dabei sein kann, wie ein normaler Vater, dann würde ich den Arzt fragen.«

Frank blätterte langsam weiter. »Hat der eine Sauklaue, dein Arzt! Auch hier. Das einzige, was ich lesen kann, sind die Zahlen und Vorgedrucktes: Berechneter Entbindungstermin 2. Juni. Und, dass du inzwischen in der 36. Schwangerschaftswoche bist. Auch das leuchtet mir ein. Aha. Und hier steht: ›CTG: regelmäßig‹. Das ist gut.«

»Weißt du überhaupt, was das ist?«, wollte Paula wissen.

»Und ob. Das sind die Herztöne.«

»Das hätte ich dir jetzt gar nicht zugetraut. So viel Wissen. Du wärst sicher auch ein guter Gynäkologe geworden.«

»Sehr witzig.«

Nach einer Weile flüsterte Paula: »Komm her Frank, es klopft wieder.«

Behutsam zog Frank Buschhoven die Decke zur Seite, schob Paulas Pullover nach oben und legte seinen Kopf vorsichtig auf ihren Bauch. Wenn er nur wüsste, wie das Kind aussehen und welches Geschlecht es haben würde. Welche Augenfarbe. Die Größe.

Aufgeregt schaute Frank auf, als er einen zarten Schlag spürte. Ob das Kind ihn hören konnte? Sicher. Es konnte. Paula hatte es ihm gesagt. Mit Sicherheit spüre es auch die Borsten im unrasierten Gesicht seines Vaters, hatte sie hinzugefügt. Und außerdem, dass ein Kind ab der 36. Schwangerschaftswoche schon fast 50 Zentimeter groß sei und in etwa 2500 Gramm wiege. Bis es zur Welt komme, werde es noch etwa drei Zentimeter wachsen. Außerdem lege es noch rund 700 Gramm an Gewicht zu. Viel herumturnen könne das Kind jetzt nicht mehr. Dazu sei es schon zu groß. In der Fruchtblase werde es schließlich immer enger. In den letzten Wochen vor der Niederkunft strampele es nur noch mit Armen und Beinen. Manchmal drehe es sich zur Seite. Und überhaupt: Das Kind liege seit einigen Wochen schon richtig. Kopf nach unten.

»Mein Gott. Kopf nach unten«, entrüstete sich der Dechant. »Auch das noch!« Aber Paula hatte all seine Skepsis rasch beiseite gewischt. Das sei optimal. So müsse es sein. Wenn das Kind falsch herum liege, also mit dem Kopf nach oben, müsse sie sich auf einen Kaiserschnitt gefasst machen. Das bleibe ihr nun wohl erspart. Die jetzige Enge in der Gebärmutter tue dem Kind im Übrigen gut, hatte Paula immer wieder versichert. So werde seine Haut bei jeder Bewegung leicht massiert; eine gute Vorbereitung auf die Geburt.

Frank küsste Paulas Bauch und schaute, während er das linke Ohr auf dem Nabel ruhen ließ, nach oben. Natürlich hatte er gleich zu Beginn der Schwangerschaft bemerkt, wie sich Paula veränderte. Er bewunderte sie von Anfang an. Ihre Kraft, ihre Geduld, ihre innere Ruhe. Und auch die Art und Weise, wie sie sich auf die Geburt vorbereitete, wie selbstverständlich sie alles nahm und was sie schon wusste, was mit Muttersein und Schwangerschaft zu tun hat. Aber auch äußerlich war er faszinierter denn je von dieser Frau. Obwohl ihr Körper an Umfang merklich zunahm, fand er ihn makellos und begehrenswert. Ihre Haut war noch zarter, ihre Augen noch klarer. Und ihr Lächeln? Hinreißend!

»Was denkst du, Frank«, fragte Paula.

»An dich. Und an unser Kind. Ich freue mich«, antwortete der Priester.

Der Schläger

Erwin Murkes lag am Boden. Er blutete aus der Nase. Die Augen waren geöffnet, starrten an die Wand. Es war leise im Raum. Unheimlich leise. Nichts und niemand bewegte sich. So schlimm wie heute war es noch nie. Wie in einem bösen Film. Aschfahl im Gesicht versuchte Erwin sich aufzurappeln. Mit beiden Händen stützte er sich ab. Die Zunge tastete nach der Oberlippe. Sie schmeckte bedrohlich nach Blut. Er sackte zurück aufs Linoleum, kauerte sich zusammen, wechselte auf die weniger geschundene Körperhälfte, winkelte die Beine an, zog die Knie vor die Brust und hielt die Arme schützend über den Kopf. Erwin befürchtete weitere Schläge. Er war nicht sicher, ob Alfred Gockel wirklich von ihm gelassen hatte. Er könnte ja zurückkommen. Weiter prügeln, weiter schimpfen. Bei dem wusste man nie, wenn der rot wurde im Gesicht ...

Erst als sein Sitznachbar ihm versichert hatte, dass der Theologe aus dem Klassenzimmer raus sei, fasste Erwin Mut und zog sich am Tisch nach oben. »Gockel ist weg, er ist rausgegangen«, flüsterte der dicke Jupp.

Allmählich kam Gebrummel auf. »Das Arschloch«, rief Angelika. Zusammen mit Renate fegte sie aus dem Raum. Gleichzeitig kramte Jupp sein Taschentuch aus der Hose. »Ist schon benutzt, aber wisch dir mal das Blut weg«, forderte er seinen Freund auf. »Gib her die Rotzfahne«, antwortete Erwin, in dem der Schock in Wut umschlug. Mit dem klebrigen Stoffknäuel fuhr er vorsichtig über Mund und Nase. Den Rest von Blut und Rotze verteilte er im Ärmel seines Pullovers.

Die ganze Klasse hatte sich um Erwin Murkes versammelt. Langsam bekam er wieder Farbe ins Gesicht.

»Warum macht der Gockel das, er hatte doch keinen Grund?«, wollte Jupp wissen.

»Weil er ein gewissenloser, unzufriedener Drecksack ist«, warf Gustav hastig ein.

»Die sind doch alle so«, raunzte Hugo. »Aber wenn ich das zu Hause erzähle, glauben sie mir wieder nicht.«

Der dicke Jupp nickte: »Er wird schon seinen Grund dafür gehabt haben, werden sie bei mir sagen.«

Schritte auf dem Flur, die Klasse zuckte zusammen. Als der Rektor mit den beiden Mädchen den Raum betrat, blieben alle vor Erwin Murkes stehen. Erst als der »Chef« näher kam und auf Erwin zuging, öffneten sie den Schutzwall, bildeten eine Gasse, um den hohlwangigen Schulleiter, der das R noch ausgeprägter rollte als sonst, vorzulassen: »Erwin, die rohen Methoden haben ab sofort ein Ende. Pastor Gockel wird in dieser Klasse nie mehr unterrichten.«

Die Geburt

Die letzte Wehe, ein abschließendes Hecheln, entspanntes Durchatmen und ein kräftiger Schrei: »Willkommen auf der Welt«, begrüßte die Hebamme den kleinen Klaas Brandt und legte das kleine Bündel in die Arme seiner Mutter. »Endlich bist du da«, flüsterte Paula erschöpft. »Du wirst jetzt ein paar Tage lang Gesprächsthema Nummer eins sein, da bin ich mir sicher.«

Paula Brandt hatte sich nicht geirrt. Glückwünsche, Blumen, Gutscheine und sonstige Geschenke erreichten das Krankenhaus fast im Stundentakt. Frank Buschhoven, der während der Geburt zwischen Sakristei, Hochaltar, Orgelempore und Marienkapelle den Atem angehalten hatte, erschien noch in der Nacht.

»Frank, du bist der erste Besucher. Schau mal. Hier. Das ist dein Sohn. Das ist Klaas. Nimm ihn in den Arm«, flüsterte Paula. »Nicht so steif, es kann nichts passieren. Immer locker bleiben.«

Wie der Stamm einer knorrigen Eiche baute sich der Kirchenmann vor der Wöchnerin auf, die Schultern breit, die Brust heraus, die Arme extrem körperfremd in Position gebracht, wie verirrtes Astwerk nach einem wilden Sturm. Sogar das Atmen hatte er eingestellt, schon wieder. Eigentlich müsste er längst tot sein.

»Was sollen die Verrenkungen? Du brauchst keine Angst zu haben, der fällt nicht runter. Aber du darfst nicht so steif sein. Komm, setz dich zu mir aufs Bett.«

Im Sitzen gelang die »Übergabe». Frank hatte zu seinem natürlichen Bewegungsapparat zurückgefunden, und nach rund fünfstündiger Pause atmete er endlich wieder gleichmäßig.

»Er schläft«, hauchte Paula.

Frank neigte seinen Kopf, zog das Kind nah an sich heran. Mit dem Daumen berührte er die kleine Hand, zählte die

Finger, tupfte mit der Nasenspitze die Stirn, spürte den Atem, schloss die Augen, sah den Sprössling wachsen, nahm ihn bei der Hand, half ihm auf die Beine, trocknete ihm die Tränen, stand an seiner Seite, betete ihn in den Schlaf, fasste ihn an der Schulter, schenkte ihm Mut, gab ihm Kraft, ging mit ihm auf Reisen, wies den Horizont.

»Warum sagst du nichts«, wollte Paula wissen.

»Ich kann nicht«, wisperte der Kirchenmann.

Jetzt weinte auch Paula. Klaas schlief weiter.

Die Gratulationscour wollte kaum ein Ende nehmen. Nicht nur die Glückwünsche des Pfarrgemeinderats und der Grundschulleitung erreichten die Mutter, natürlich auch die des Heimatvereins. Gleich eine ganze Abordnung belagerte am nächsten Tag das Wochenbett von Paula Brandt, an der Spitze Sieglinde Geiger-Degenhardt, die die obligate hübsch-hässliche Baby-Garnitur im Namen des Strickkreises überreichte und vor neugieriger Eile im Krankenhausfoyer fast vor die geschlossene Aufzugstür gerannt wäre.

Besonders freute sich Paula über den Besuch von Klara Ziebig. Die alte Dame nahm die junge Mutter in den Arm und küsste sie auf die Wange. Lange betrachtete sie den kleinen Klaas, der neben Paula im Rollenbett schlief. »Nee, wat' n schee Kind. Wie de kleine Häwelmann. Nur, dat en dunkel Haar un braun Aure hat. Isch meene, en hätt' von eisch beid' wat«, bemerkte Klara augenzwinkernd, während sie in der mächtigen Einkaufstasche nach einem großen Glas Marmelade griff und es auf den Nachtischschrank stellte. »Die hann isch selbst gemach.« Dann langte Klara Ziebig vorsichtig ins kleine Rollenbett, um dem Kind über die Wange zu streichen. »Hoffentlisch, meine süße Engel, geht dat alles gutt!«

Beim Bankier

Klaas Brandt: Ein kleiner Wirbelwind mit Wachstumswerten, die voll in der Norm lagen und von einem Temperament, das mit »überschäumend« recht zurückhaltend beschrieben war. Brandt junior, der aus leicht nachvollziehbaren Gründen den Namen der Mutter trug, entwickelte sich prächtig. Immerhin wuchs der Junge in Verhältnissen auf, die man für gewöhnlich als geordnet zu bezeichnen pflegte, und hatte – wenn auch inoffiziell – Vater und Mutter sowie ein Zuhause, in dem Lachen und Späße treiben zum Alltag gehörten. So war die Integration des Kindes in die Dorfgemeinschaft schon als Winzling von ein paar Monaten kein Problem. In der von Sieglinde Geiger-Degenhardt und ein paar Freundinnen organisierten Krabbelgruppe trafen sich Mutter und Sohn regelmäßig mit Gleichaltrigen und Gleichgesinnten. Schnell stellte sich heraus, dass sich Klaas tatsächlich zu einem regelrechten Temperamentbündel entwickelte. Immer war er der erste, der es schaffte, in die Ballkiste hinein zu plumpsen. Immer aber war auch er der erste, der laut schrie, wenn er sich an Tischen oder Stühlen den Kopf stieß, weil er wieder einmal zu ungestüm herumgetollt hatte.

Die erste größere Beule seines jungen Lebens holte sich Klaas indes beim Spielen mit seinem Vater. Gerade einmal elf Monate alt, schien ihm Sitzen zu bodenständig, krabbeln zu flach. Da musste es doch noch etwas anderes geben, etwas, das die Abläufe beschleunigen konnte. Auch die Großen kamen schließlich klar, mit ihren beiden Beinen. Sie waren nicht nur schneller, sondern hatten auch den besseren Überblick. Sogar aus dem Fenster schauen konnten sie, den

Lichtschalter betätigen und Türen öffnen. »Das will ich auch«, dachte er. Warum also noch lange zaudern, es war nun an der Zeit! Rechtes Beinchen angewinkelt, linker Fuß fest auf den Boden und mit der rechten Hand kurz aufgestützt, bevor – mein Gott, wie die Windel knisterte – er sich an der Tischkante in die Höhe zog. Und Frank, was war mit dem? Bekam den Mund wohl nicht mehr zu!? Sagen konnte er schon gar nichts mehr. Hatte es dem die Sprache verschlagen? Jetzt rannte er auch noch los, ging in die Knie und reichte mir seine Finger. Ich sollte mich festhalten daran. Angsthase. Naja, tu ich ihm den Gefallen, dachte ich, er war ja sonst auch nicht so zu mir. Aber die Idee war nicht schlecht. Jetzt zog er mich ein Stück, aha, ich sollte wohl gehen, während er da kniete und schwitzte. Komisch, sonst geriet er doch nicht so schnell aus der Puste. Mein Gott, war der aufgeregt. Dann mal los. Rechtes Bein, linkes Bein. Nicht schlecht: Die ersten beiden Schritte wären getan. Schwieriges Geschäft. Aber die Leistung würde sich noch steigern lassen. Garantiert. Doch warum ließ er mich nun los, und warum rannte er in die Küche? »Paula, Paula. Das musst du sehen!«, hörte ich ihn lärmen. Wie der sich heute benimmt. Lächerlich! Als wäre ein Wunder geschehen. Oh Mann, jetzt war mir plötzlich doch ein wenig schwindlig. Und schon war es passiert. Dieser blöde Knopf an der Kommode. Jetzt lag ich da, auf dem Boden, ganz allein. Mann, tat das weh. Ob ich schreien sollte? Na klar: »Maaaammmaaaa!!«

Endlich, da kamen sie ja. Wie lange hatten die mich hier liegen lassen. Mindestens drei Sekunden. Sollten sehen, was sie davon haben: »Maaaammmaaaa!!« Nun ja, Frank hob mich auf, rettete mich aus der unglückseligen Situation. Das war mir auch klar, wenn ich ehrlich bin. Warum Frank jetzt aber auch noch weinte, zwar nicht so laut wie ich, ging mir nicht in den Kopf. Und warum Mama nun auch ihn tröstete, er sich bei ihr und mir entschuldigte, und dass gleich mehrfach, und warum er mich dauernd küsste und jammerte, dass ihn sein schlechtes Gewissen plage, weil er mich so lange allein gelassen hätte – das sollte verstehen, wer wollte.

Wie sich herausstellte, galt es, derlei Wehwehchen nun fast im Wochentakt zu überstehen. Dabei zeigte sich, dass Klaas Brandt in dieser Hinsicht erstaunliche Nehmerqualitäten entwickelte. Seine Tränen trockneten schnell. Er war immer wieder rasch auf den Beinen. Gleich mit drei Jahren meldete ihn seine Mutter im Kindergarten an, außerdem hatte Klaas viele Spielkameraden, die ihn oft besuchten und mit ihm im Pfarrgarten herumtobten. Darauf, dass er Frank Buschhoven regelmäßig bei der Arbeit helfen durfte, war der Junge besonders stolz. Frank und Klaas mähten nicht nur gemeinsam den Rasen und pflanzten Blumen ein. Klaas durfte auch an der Kurbel der alten Druckmaschine drehen, die der Dechant brauchte, um Gebet- und Liedertexte zu vervielfältigen. Besondere Beachtung fand der Junge, wenn er vor der Kirche Paul Frei und Henning Gerhard beim Verteilen der Pfarrbriefe helfen durfte. Und bereits mit vier Jahren nahm Klaas das Training in der Bambini-Fußballmannschaft auf, schließlich war er dort bei Betreuer Paul Frei in guten Händen. So konnte sich Frank Buschhoven denn auch in Ruhe einem neuen Projekt zuwenden, nämlich der Sanierung des arg in die Jahre gekommenen Pfarrheims.

Schon vor der Übernahme der Pfarrei St. Marien durch Frank Buschhoven hatte das um die Jahrhundert-Wende errichtete Gebäude gründlich saniert werden sollen. Doch damals scheiterten die Bemühungen seines Vorgängers an den fehlenden finanziellen Mitteln, und am Ende wohl auch an schwindendem Elan. Deshalb waren die Renovierungen bis dahin auch nur ausgesprochen oberflächlicher Natur. Eine neue Tapete, ein neuer Teppichboden: Mehr war nicht drin.

Doch nun war die Zeit endgültig reif für eine Generalsanierung. Die Heizung war hin, die Fenster mussten erneuert werden, das Dach tat seinen Dienst auch nicht mehr. Außerdem schwebte Frank Buschhoven der Anbau eines Jugendraums vor, der den Pubertierenden des Dorfs als kleine Stütze zur maßvollen Überwindung der Flegeljahre dienen sollte. Dieser Vorzug nämlich war auch dem Jugendlichen Frank Buschhoven im Party-Keller des evangelischen Seelsorgers seiner Heimatgemeinde vergönnt gewesen. Und daran hatte er nur gute Erinnerungen.

Mit seinem Anliegen wandte sich Dechant Frank Buschhoven zunächst an das Bistum. Experten der bischöflichen Bauabteilung erschienen einige Wochen nach dem schriftlichen Ersuchen um finanzielle Unterstützung vor Ort. Sie bescheinigten zwar den desolaten Zustand des Hauses, machten Buschhoven gleichwohl wenig Hoffnung auf eine hilfreiche Finanzspritze. Es dauerte auch nicht lange, bis der ablehnende Bescheid aus der Domstadt kam – mit der Empfehlung, durch das Gründen eines Förder kreises und durch das Abhalten von Sonderkollekten die erforderlichen Mittel an der Basis zu besorgen. Mit diesem Ratschlag wollte sich Buschhoven jedoch nicht zufrieden geben.

Also marschierte der Priester zur Kredit- und Investitionsbank, wo ihn Filialleiter Gerd-Michael Geiger in Empfang nahm. Der Bruder von Rechtsanwalt Peter Geiger leitete schon seit etlichen Jahren die Schönenbacher K+I-Filiale. Seine untadeligen Bilanzen ließen ihn fest im Sattel sitzen.

Viele munkelten sogar, dass er nach Abschluss der laufenden Fusionsverhandlungen im Stammhaus einen Vorstandsposten bereits so gut wie sicher habe. Karitativ war Gerd-Michael Geiger ebenso engagiert wie Bruder Peter. Bei den Lions sortierte er nicht nur die Finanzen, er fungierte auch als Kulturbeauftragter. Viele Termine nahmen die Brüder deshalb gemeinsam wahr. Als die Frau des Bankiers erkrankte, zog sich Gerd-Michael Geiger aus dem öffentlichen Leben zunächst etwas zurück. Doch nicht nur Bruder und Schwägerin sprachen ihm Mut zu; auch bei Dechant Buschhoven lieh sich der Bankier gerne Trost und Zuspruch. Das war aber schon eine Weile her.

»Na, Herr Buschhoven. Wie geht's uns denn heute?«

»Danke, Herr Geiger, ich kann nicht klagen. Mir geht es gut, und wie man sieht, Ihnen auch«, konterte der Pfarrer forsch.

Und schon verdunkelte sich das Sonnenbank gebräunte Gesicht des lokalen Finanzexperten, dessen glasige Augen eine neuerlich durchzechte Nacht verrieten.

»Also, was kann ich für Sie tun, Herr Pfarrer?«, kam Geiger schnell zur Sache.

»Ich brauche einen Kredit für die Sanierung des Pfarrheims. Das Bistum gibt nichts, und auch die Gemeinde ist pleite. Für mich gibt es nur eine Möglichkeit: Ich finanziere die Sache größtenteils privat. Eigenmittel sind vorhanden. 100.000 Mark habe ich auf der hohen Kante.«

»Ja, wieviel brauchen Sie denn? Was soll die Sanierung kosten?«

»400.000 Mark. Das ist eine realistische Zahl. Das wäre eine Komplettsanierung. Neues Dach, neue Fenster, Heizung, ordentliche Toiletten und ein vernünftiger Jugendraum.«

»Aber lieber Herr Pfarrer. 100.000 Mark Eigenkapital. Ist das nicht etwas dünn? Mit diesem Wunsch schicke ich normalerweise jeden Möchtegern-Häuslebauer zurück in seine bescheidene Mietwohnung und sage ihm, er soll die Bude daheim neu tapezieren und sich seine Hirngespinste aus dem Kopf schlagen!«

»Ich bitte Sie, Herr Geiger. Ich glaube nicht, dass Sie mit mir ein Risiko eingehen. Ich bürge mit meinem Namen!«

»Nun ja. Das genügt wohl nicht ganz. Ihr guter Name. Dafür können Sie sich nichts kaufen. 40 Prozent Eigenkapital müssten schon vorhanden sei. Das sind 160.000 Mark. Darunter bekommt hier kein Mensch eine Finanzierung.«

»Und was ist, wenn ich die Kosten drücke?«

»Wie denn, etwa durch Eigenleistung?«

»Ja, zum Beispiel durch Eigenleistung.«

»Wer soll Ihnen denn schon helfen? Ihre Haushälterin?«, hüstelte Geiger. »Der kleine Klaas? Ich habe da meine Zweifel. Und die Leute im Dorf haben andere Sorgen als sich in ihrer Freizeit um das Pfarrheim zu kümmern. In dieser Bank zählt nur das Eine: Hier werden Zahlen geschrieben. Knallhart. Und zwar schwarze, Hochwürden!«

Buschhoven nahm einen weiteren Anlauf: »Und wenn ich das Dach nur notdürftig reparieren lasse und auch die Toiletten?«

»Das bringt nichts, Herr Buschhoven! Verzichten Sie doch auf den Jugendraum. Dann können wir uns vielleicht noch einmal unterhalten. Müssen die Jugendlichen denn dauernd Feten feiern? Leistet man damit Drogenkonsum und Alkoholmissbrauch nicht auch noch Vorschub? Und Sex? Also, Herr Pfarrer, ich weiß nicht. Sie sollten die ganze Sache noch einmal gründlich überdenken.«

»Danke, Herr Geiger. Ich habe verstanden!«

Das hatte gesessen. Frank Buschhoven lebte wohl doch nicht in der heilen Welt, von der er immer träumte. Denn mit einem solch unerfreulichen Gespräch hatte er nicht gerechnet. Wenn Geiger sich schon anmaßte, solche Saiten anzuschlagen, dann würde ein großer Teil der Bürger ebenso denken oder zumindest mit dem Bankier an einem Strang ziehen. Schließlich hingen die meisten, die auf dem »Hypothekenhügel« in dörflicher Südhanglage ihr Häuschen errichtet hatten, am finanziellen Tropf Geigers, folgerte der Schönenbacher Kirchenmann.

Der Übergriff

Klaas richtete sich auf und befreite seine eingeschlafenen Beine aus dem Schneidersitz. Er goss Kaffee nach und machte sich nun neben seiner Mutter auf dem Sofa lang. »Sollen wir eine Pause einlegen?«, fragte Paula.

»Nein, nur zu. Ich möchte mehr erfahren. Ich will alles wissen.«

»Das sollst du, mein Junge«, flüsterte Paula, während ihr Blick in der Glut des Ofenfeuers Rast machte. »Dabei musst du wissen, Klaas, dass dein Vater auf der einen Seite nach Wärme und Anlehnung regelrecht gierte, während er andererseits immerzu für andere da sein wollte. Hier, lies selbst!«

Über die üblichen Nackenschläge oder kleinere Enttäuschungen kam ich in meiner Jugend eigentlich immer ganz gut hinweg. Einmal abgesehen vom Tod meines Vaters gab es die großen Schicksalsschläge für mich nicht. Zumindest nahm ich negative wie positive Erlebnisse, die mich später wegweisend formen sollten, zu jener Zeit in dem Sinn nur unbewusst wahr. Meistens war ich sogar derjenige, der anderen half, wenn sie ein Problemchen hatten.

Meinen Kumpel Thomas zum Beispiel musste ich nach jedem Fußballspiel trösten. Nicht nur, dass es ihm nie gelang, ein Tor zu schießen. Während seiner Kurzeinsätze traf er sogar in regelmäßigen Abständen ins eigene Netz. Wären diese Treffer auf der anderen Seite gefallen – man hätte von wahren Bilderbuchtoren reden können. Zwar ärgerte ich mich auch, wenn mein Freund mal wieder gnadenlos zugeschlagen hatte. Aber ich ließ es mir zumindest nach dem Spiel nicht anmerken, wenn er mit Tränen in den Augen auf der Wiese saß und das allzu eng anliegende Trikot über seinen Quadratschädel zerrte. Dabei störte ihn eigentlich weniger, dass er mal wieder ein Eigentor fabriziert hatte. Die große Demütigung für ihn war, dass er immer wieder kurz nach seinen peinlichen Auftritten ausgewechselt wurde. Und das, obwohl er sich jedes Mal solche Mühe gab! Mit hochrotem Kopf rannte er über das Spielfeld, kämpfte, rackerte und fluchte. Doch das große Erfolgserlebnis blieb ihm versagt. Vielleicht hatte ich gerade deshalb so viel Respekt vor ihm, weil er nie aufgab. Er kam immer wieder. Zu jedem Training, zu jedem Spiel. Dabei wusste er genau, dass er nur wieder zu einem Kurzeinsatz kommen würde und sich die meisten seiner Mitspieler beim Trainer beschwerten, wenn er ihn auflaufen ließ. Ich nahm ihn nach seinen niederschmetternden Erlebnissen fast immer mit nach Hause, wo wir zusammen bis in den Abend hinein in Fußballalben blätterten.

Hildegard war mit Abstand das hübscheste Mädchen in der Klasse, zudem gehörte sie zu den Besten. Zusammen mit Thomas und mir wechselte sie später zum Gymnasium.

Ein Ereignis in unserer Grundschulzeit sollte Hilde zumindest zeitweilig schwer zu schaffen machen: Als sie während des Religionsunterrichts einmal plötzlich zu weinen begann, packte der Lehrer sie besonders hart an. Der Geistliche, ein Mann in den mittleren Jahren, schimpfte sie in ungewohnt hartem Ton aus. Dabei lag dazu in meinen Augen überhaupt kein Grund vor. Schließlich könnte es Hilde ja übel geworden sein. Oder sie war wegen irgendeines anderen Problems, das wir alle nicht kannten, einfach nur traurig. Der zornige Geistliche setzte seine Schimpfkanonade jedoch ungehemmt fort und drohte ihr sogar damit, die Eltern über diesen »bedauerlichen Vorfall« zu unterrichten. Im Übrigen sei es ihr ob der »obszönen Kleidung«, die sie trage, wohl kalt.

Hilde hatte an diesem Tag – wie so oft und wie die anderen Mädchen auch – ein kurzes Kleid an, darüber trug sie eine ärmellange Strickjacke. Als der Religionslehrer mit der Beschimpfung endlich fertig war, hielt er uns einen Vortrag über Keuschheit, Begierde und Verdrängung. Wir verstanden kein Wort.

Am Nachmittag traf ich Hilde auf dem Spielplatz. Sie war mit ihrer Mutter dort, die auf einer Bank saß und strickte. Statt wie sonst in der Sandkiste zu wühlen oder auf der Wippe zu balancieren, drehte Hilde einsame Runden auf dem Karussell. Sie blickte stumm vor sich hin, nicht einmal mit den Beinen schaukelte sie wie sonst. Sie war abgetaucht in eine andere Welt. Auf dem Spielplatz schien sie sich jedenfalls nicht zu befinden. Worüber sie wohl nachdachte?, fragte ich mich. »Mädchen fühlen anders«, hatte meine Mutter einmal gesagt. Dann musste es wohl damit zu tun haben. Irgendetwas halt, das Jungen nicht verstehen konnten. Ich traute mich jedenfalls nicht, auf Hilde zuzugehen, um sie zu fragen, was denn los sei. Erst nach einiger Zeit hüpfte sie vom Karussell herunter. Sie kam auf mich zu und setzte sich neben mich in den Sand. Als ich sie fragte, warum sie in der Schule geweint habe, lenkte sie vom Thema ab. Sie sprach zwar über die Schule, allerdings gab es nur Allgemeinplätze. Erst nach einer Weile zog sie ordentlich vom Stapel. Ihre Wut galt dem Religionslehrer, der gleichzeitig Dorfpfarrer war. Dieser sei ein »Arschloch«, sagte sie kurz und knapp, aber aus voller Überzeugung. Nach dessen Auftritt in der Schule konnte ich Hildes Rage nachvollziehen, obwohl ich immer noch nicht wusste, was der Grund für diese seltsame Begebenheit war.

Erst ein paar Monate später erzählte mir meine Mutter, was an diesem Tag passiert war: Der Geistliche hatte Hilde – was nicht unüblich war – während des Unterrichts nach vorne gerufen. Er saß am Pult, sie musste sich dicht neben ihn stellen, so dass der nach vorne geschlossene Schreibtisch Hilde bis über die Hüfte und den Priester fast bis zur Brust verdeckte. Während er ihr in der vorösterlichen Zeit Fragen zum Thema Auferstehung und Abendmahl stellte, fummelte der Theologe unter Hildes Rock herum. Das Mädchen wagte es nicht, auf seinen Platz zurückzugehen. Irgendwie stand sie die Sache durch; in der Beantwortung der Fragen gleichwohl nur mit ungewohnt mäßigem Erfolg. Erst als sie wieder auf ihrem Stuhl saß, ließ sie ihren Tränen freien Lauf. Dass sie dabei gleichzeitig auch noch in die Hose machen musste und deswegen von etlichen Mitschülern ausgelacht wurde, empfand sie als eine weitere, nicht wieder gut zu machende Demütigung.

Meine Mutter hörte von dem Skandal beim Einkaufen. Hinter vorgehaltener Hand hatte sich die wahre Geschichte offenbar doch rasch herumgesprochen. Der Vorfall machte meine Mutter so wütend, dass ich sie zum ersten und einzigen Mal wirklich engagiert erlebte. Sie rastete aus. Wie sie mir erzählte, ging sie, als sie von »dieser Riesenschweinerei« hörte, sofort zu Hildes Mutter, um diese zu ermutigen, massiv gegen den Fummel-Priester vorzugehen. Sie suchte sogar andere Eltern auf, um die Lage mit ihnen zu besprechen. Außerdem wandte sie sich an die lokale Tageszeitung, deren Redakteure großes Interesse bekundeten, aus Platzgründen aber auf eine Veröffentlichung verzichten mussten. Die Einweihung des Feuerwehrgerätehauses und das Sommerfest an der Volksschule besaßen Vorrang. Mutters Leserbrief konnten sie ebenfalls nicht drucken. Irgendwann gab sie es auf.

»Angst, Gottesfurcht und katholische Obrigkeitshörigkeit halten die Leute ab«, geiferte meine Mutter. »Auch Hildes

Eltern haben Schiss. Sie glauben sogar, ihr Kind könnte übertrieben oder womöglich gelogen haben. Für sie kommt ein Beschwerdeverfahren gegen den Schänder nicht in Frage.«

Ich hörte meiner Mutter still zu. In diesem Moment bewunderte ich sie.

Als der Geistliche einige Jahre später starb, wurde nach ihm der neu erbaute Kindergarten benannt. Eine Informationstafel am Eingang des Gebäudes erinnerte an den Priester, »der sich über Jahrzehnte hinweg in außergewöhnlicher Art und Weise für die Gläubigen des Dorfes engagiert« habe und dem es in mühsamer Kleinarbeit zudem gelungen sei, die Kinder- und Jugendarbeit segensreich voranzutreiben.

Der Verräter

Fesch sah er aus, der kleine Mann: Seine kurz geschnittenen, schwarzen Haare standen aufrecht, der Blick aus den braunen Augen war klar und offen. Und auch das gelb-blaue Trikot mit der roten Werbeaufschrift der örtlichen K+I-Bankfiliale (»Mit K und I verlierst du nie!«) stand dem Jungen prächtig. Aber nicht nur das. Klaas war einer der begabteren Fußballer in der Jugendabteilung des Schönenbacher FC. Kaum ein Spiel, in dem er kein Tor schoss oder zumindest nicht die entscheidende Vorlage gab. Ganz der Vater.

An diesem Samstag war die Aufregung besonders groß. Das entscheidende Spiel um den Einzug ins Finale um den Landratspokal stand an. »Die Jungs aus Halsheim sind stark«, hatte Paul Frei seine Spieler gewarnt. »Aber wenn wir so spielen wie vergangene Woche gegen Burfeld, dann schaffen wir es.«

Schon drei Stunden vor dem Anpfiff hatte sich Klaas Trikot und Hose angezogen. Auf der Pfarrgartenwiese lief er sich warm wie ein Profi, wähnte in der Buchenhecke die Kölner Südtribüne und nahm danach den Ball, dribbelte mit seinen kurzen Beinen um die Obstbäume herum, bevor er die Marienstatue mit einer geschickten Körpertäuschung stehen ließ und die Kugel mit dem rechten Innenrist in den oberen Winkel des Pfarrpavillons zirkelte, haarscharf an einer üppigen Kletterrose vorbei.

»Warte doch wenigstens mit den Schienbeinschützern und lass die Schuhe noch aus«, forderte Paula, doch der kleine Mittelstürmer hatte die Ohren heute nicht auf Empfang. »Schon beim letzten Mal hattest du Blasen an den Füßen und deine Beine taten den ganzen Abend weh.«

Klaas aber hörte immer noch nicht. Er hatte erneut vor der Muttergottes Aufstellung genommen. Diesmal schob er den Ball links vorbei, während er sie mit schnellem Antritt rechts passierte. Frank beobachtete das Spiel durch das Fenster seines Arbeitszimmers – und lachte.

Als das richtige Spiel am Nachmittag begann, war die Nervosität groß. Diesmal waren besonders viele Väter, Mütter, Großeltern und Geschwister dabei; schließlich ging es um etwas. Paul Frei hatte seinen Schützlingen für den Fall eines Sieges Limonade und Bockwurst versprochen. »Die schaffen wir locker, guckt mal, wie klein die sind«, rief der dicke Arnold vom Spielfeldrand aus, wo der Auswechselspieler auf seinen Einsatz wartete.

Doch das Spiel lief keineswegs so, wie es sich Trainer und Mannschaft vorgestellt hatten. Schon nach fünf Minuten lagen die Schönenbacher 2:0 hinten. Der Coach wurde immer nervöser, lief an der Außenlinie auf und ab, um Anweisungen zu geben. »Mehr über die Flügel, kapiert ihr das denn nicht?«, tobte Paul Frei, während ein Vater schrie: »Die können nichts, die Flaschen werdet ihr doch wohl packen!« Endlich aber hatte Klaas die erste große Torchance, doch der Ball streifte knapp am Tor vorbei. Auch in der nächsten Szene traf der Mittelstürmer nicht ins Schwarze, drosch das Leder sogar weit übers Tor. Weil er sich beim Schuss den Knöchel verdreht hatte, blieb er mit Schmerz verzerrtem Gesicht am Boden liegen. Paul Frei war außer Rand und Band: »Ey du, Klaas. Kleines Pfarrerssöhnchen. Reiß dich zusammen. Verwöhnte Jungs haben hier in dieser Mannschaft nichts zu suchen!«

Klaas humpelte vom Platz, setzte sich neben Frank und Paula an den Spielfeldrand, während Paul Frei Arnold das Zeichen zum Einwechseln gab: »Los Dicker, mach dich fertig.«

Frank Buschhoven und Paula Brandt hatte es die Sprache verschlagen. Angewidert vom Ton des Religionslehrers Paul Frei, der am Abend auch noch als Gottesdiensthelfer in der Vorabendmesse eingesetzt war, schauten sie sich entsetzt an.

»Komm, Frank. Lass uns gehen«, bat Paula, während der quer über das Spielfeld in Richtung Paul Frei rief: »Warte nur, wir werden uns noch sprechen!«

»Klaas, zieh dir die Jacke über«, befahl derweil die Mutter, die alle Mühe hatte, den Jungen, der nun ebenfalls schrie und sich loszureißen versuchte, festzuhalten.

Frank hob den schluchzenden Jungen schließlich vom Boden, nahm ihn auf den Arm, während Klaas weiter brüllte und mit den Händen auf Franks Rücken trommelte. Am Spielfeldrand entlang schwankten sie Richtung Ausgang, vorbei am alten Bretterverschlag, wo bei den Heimspielen der ersten Mannschaft Bockwürste und Kartoffelsalat verkauft wurden. Nicht alle Eltern, Großeltern, Onkel und Tanten nahmen von dem Abgang Notiz. Die meisten blökten weiter. Ein paar Zuschauer sahen zu Boden. »Tschüss« zu sagen wagte niemand.

Eine Stunde später stand Frank Buschhoven bei Paul Frei vor der Tür. Der Schönenbacher Hypothekenhügel zeigte sich noch reich an freien Baustellen, wild wucherte das Gras, das sich hüfthoch im Wind wog. Viele Halme waren verdorrt, hingen schlaff zur Seite. Mittendrin hatten die Neubürger etliche Pfade getreten, die in schnurgeraden Linien und eleganten Bögen Baustellen und fertige Häuser verbanden. Über diese Wege verschafften sich die Familien im Baugebiet den ersten Kontakt, es ging halt nichts über gutnachbarschaftliche Beziehungen. Schließlich wollten die Leute noch jahrzehntelang miteinander leben und stets in Frieden auskommen. Außerdem konnte es ja auch nie etwas schaden, über den Baufortschritt des Nachbarn informiert zu sein. Wichtige Erkenntnisse wurden da gezogen, und das eigene Selbstbewusstsein dadurch oft ungemein gestärkt. »Die haben auch noch nicht verputzt.«

»Die kriegen nur ein Carport, keine Garage. Nun ja, wenn sie damit klarkommen.«

»Ich dachte, die bekämen neue Möbel. Nur ein neues Kinderzimmer. Von Ikea.«

»Ach so, da sehen wir mit Mutters Esszimmer aber besser aus. Zwar schon zwölf Jahre alt, dafür aber massiv!«

Auch um das Haus von Paul und Petra Frei gab es noch an die 500 Quadratmeter Wildwuchs. Wer konnte es ihnen verdenken? Vor einem halben Jahr erst eingezogen, und das in größter Eile. Noch Miete bezahlen, während die ersten Raten anstehen? Das machte doch wirklich keinen Sinn. Über Schotter und faustdicke Grasbüschel wiesen Holzbohlen den Weg ins neue Heim, obwohl zwei stattliche Hügel mit frischem Mutterboden bereits anzeigten, dass sich hier demnächst etwas tun würde. Auch im Gebäude selbst hatten die Handwerker noch viel Arbeit. Der Keller war nach wie vor unverputzt, außerdem musste die eine Wand, an der Waschmaschine und Trockner Platz gefunden hatten, neu isoliert werden, weil sich dort immer wieder feuchte Stellen bildeten. Doch dafür war ja noch bis zum nächsten Weihnachtsgeld Zeit. Keine Eile also.

Paul Frei bot dem Priester einen Plastikstuhl auf dem bis zur Hälfte gepflasterten Freisitz an, doch Buschhoven lehnte ab. Immer noch war er fassungslos über den »charakterlosen Auftritt eines Mannes, der vorgibt, mein Freund zu sein». Paul Frei schwieg zunächst. Nur zögernd startete der Lehrer Erklärungsversuche: »Du weißt, dass ich es nicht so gemeint habe. Du bist doch selber Fußballer. In der Hektik rutscht einem manchmal einfach etwas heraus. Das Spiel lief nicht. Ein einziges Gegurke. Ich war nervös.«

»Ich bin jetzt auch nervös. Bloßgestellt hast du mich, uns alle. Ich erwarte von dir eine Entschuldigung. Und zwar öffentlich.«

»Nun mach doch mal halblang. Du bist doch auch kein Kind von Traurigkeit. Als wenn dir so etwas nicht passieren könnte. Nun gut, es tut mir leid.«

»Eine wirklich herzliche Entschuldigung. Wie es Klaas geht, interessiert dich wohl überhaupt nicht! Ich hoffe nur, dass nicht alle so sind wie du.«

»Aber wie die anderen Leute denken, über dich, über Paula und den Kleinen, das weißt du. Oder?«

»Wie meinst du das?«

»Du weißt schon, wie ich das meine.«

»Spielt das eine Rolle?«

»Ich glaube schon.«

Ruhe und Kraft

Paula Brandt schaute hinüber zu Klaas, der eine Pause machte und die Wand anstarrte. »An den Tag kann ich mich noch ganz genau erinnern«, erzählte ihr Sohn. »So schlecht habe ich selten Fußball gespielt, und nach dem Abgang dachte ich, ich dürfte niemals mehr einen Sportplatz betreten.«

»Ja, es war schrecklich«, stöhnte Paula. Dein Vater und ich waren verunsichert wie noch nie. Dieser Tag bedeutete die große Wende, alles schien sich gegen uns verschworen zu haben.«

»Ich muss heute sagen, dass ich Vaters Verhalten nicht ganz nachvollziehen konnte«, brummte Klaas und kratzte sich den Bart. »Er war so zögerlich, so abwartend.«

»Ja, das mag sein. Trotzdem besaß er ein wahres Kämpferherz. Soll ich weiter lesen?«

»Ja«, stammelte Klaas nachdenklich, reichte das Tagebuch zurück an seine Mutter und schloss die Augen.

Nur wenige Male im Leben habe ich, Frank Buschhoven, meine Felle wirklich davon schwimmen sehen. Ich zählte gerade mal 17 Lenze und besuchte die Unterprima. Thomas, mein alter Kumpel aus der Fußballmannschaft, hatte seinen Babyspeck inzwischen abgelegt und wetteiferte mit mir gemeinsam um die besten Noten, die schönsten Mädchen und die coolsten Sprüche. Zwar galten wir beide nach wie vor als mustergültige Schüler, und unser Zeugnisschnitt zeigte weiterhin eine Eins vor dem Komma. Doch auch auf Partys und Feten turnten wir immer in der ersten Reihe. Dass wir bei diesen Gelegenheiten unsere ersten Erfahrungen mit Alkohol machten, fanden wir »geil».

Während ich mich dabei einigermaßen im Griff hatte, schoss Thomas hin und wieder kräftig über das Ziel hinaus. Einmal war er so betrunken, dass Hilde und ich ihn an Armen und Beinen aus dem Party-Keller des evangelischen Pfarrers schleppen mussten und ihn zu Hause vor der Tür ablegten. Nachdem wir geklingelt hatten, gaben wir ordentlich Fersengeld, weil sonst der Zorn von Thomas' Eltern auf uns niedergeprasselt wäre.

Auch wenn wir uns einmal in dasselbe Mädchen verguckt hatten und ich mal wieder die Nase vorn hatte, verstanden Thomas und ich uns weiter prächtig. Seine und meine Motzphasen waren nur von kurzer Dauer, wirklich nachtragend war keiner von uns, dachte ich.

Weil ich sowieso meist sturmfreie Bude hatte und meine Mutter sich auch in diesen Dingen großzügig zeigte, feierte ich meinen achtzehnten Geburtstag zu Hause.

Natürlich war die ganze Sippschaft eingeladen: Der harte Kern um Thomas und mich sowie Hildegard mit allen Freundinnen, die sie auftreiben konnte. Ein Abend also, bei dem sowohl altsprachlicher als auch neusprachlicher Zweig zusammenfanden, um sich in pubertär vergeistigter Konversation zu üben mit dem Ziel, die Genera diesmal weniger auf ihre grammatikalischen, sondern auf andere, ebenso griffige wie greifbare Strukturen hin abzuklopfen.

Auch bei dieser Party waren Thomas und ich gegeneinander angetreten, um ein und dasselbe Mädchen aufzureißen. Unsere Augen richteten sich diesmal auf Hilde. Uns war natürlich nicht entgangen, dass sich im Laufe der Jahre nicht nur ihr Haar bis weit über die Schultern verlängert, sondern auch ihr Körper in eine Richtung entwickelt hatte, welche jedwede Form pubertärer Neugierde immer wieder aufs

Neue weckt. Hilde war zwischenzeitlich schlicht mit all dem ausgestattet (hinsichtlich ihrer Oberweite sicher sogar noch etwas mehr), was man sich in diesem Alter normalerweise unter der Bettdecke erträumt. Bei dieser Fete, die die größte meines Lebens werden sollte, vollzog sich die Trennung von Thomas und mir.

Mit großem Erstaunen stellte ich zunächst ungewohnte Müdigkeit fest. Während Thomas wie wild an Hilde herumbaggerte und bereits die ersten »Handgreiflichkeiten« stattfanden, schlürfte ich nur apathisch an meiner Cola. Erst als ich aus dem Bad kam, wo ich mir kaltes Wasser ins Gesicht gespritzt hatte, merkte ich, dass Thomas an meinem Glas herum hantierte. Er hatte mich nicht nur mit Cola und einem kräftigen Schuss Weinbrand versorgt, sondern ganz offensichtlich auch mit irgendetwas anderem. Ich war nicht nur erschüttert, sondern auch nicht mehr in der Lage zu reagieren, geschweige denn zu kontern. Es kam noch schlimmer: Während ich auf dem Sofa saß, nur noch lallte und die Augen verdrehte, machte mich Thomas zum Gespött aller Gäste. Vor versammelter Mannschaft nannte mich mein bis dahin bester Freund einen Schlappschwanz, der dem Namen seiner Mutter keineswegs zur Ehre gereiche. Vollkommen vernebelt nahm ich nur noch wahr, wie alle lachten. Sogar Hilde kicherte, warf ihr langes blondes Haar lässig über die Schultern und ließ sich von Thomas ungeniert auf den Mund küssen. Mehr weiß ich von diesem Abend nicht mehr.

Während ich den Tod meines Vater seinerzeit nur schwer hatte verkraften können, ihn jedoch als etwas Vorhersehbares, sogar Natürliches begriff, knabberte ich an diesem Partyereignis extrem lange. In erster Linie brach ich in der Schule ein. Ungewohnte Dreier und Vierer, einmal sogar eine Fünf in Latein, zeugten von meinem desolaten Seelenzustand. Ich beendete auch den Kontakt zur Fußballmannschaft, ging nicht mehr zum Training und machte einen Bogen um den Übungsleiter, der sogar über meine Mutter versucht hatte, mich zurück ins Team zu holen. Da Mutter meinen Gemütszustand nur am Rande zur Kenntnis nahm und sich nicht einen Deut darum bemühte, mich aus dem Schlamassel herauszuführen, war ich dankbar, als mich der evangelische Pfarrer ansprach.

Den kannte ich nicht nur von den regelmäßigen Feten in seinem Party-Keller gut. Auch erinnerte ich mich gerne an so manche Schach-Partie, die ich mit ihm bestritten hatte. Auf seiner neuen Gartenbank saßen wir an einem sonnigen Juni-Tag, als er mir aus seiner Jugend, die dann und wann auch aus Missgeschicken, Missstimmungen und Missverständnissen bestanden hatte, erzählte. Es machte ihm keine Mühe, mich zu trösten und mir dabei zu helfen, meine Segel wieder gegen den Wind zu stellen. Er überzeugte mich sogar davon, dass es möglich sei, Ruhe und Kraft im Glauben zu finden. Er erzählte von Martin Luther, dem großen Reformator, der sich auch nicht habe verbiegen lassen, und außerdem interpretierte er neutestamentarische Texte auf eine Weise, die mich von so manchem Vorurteil befreiten.

Immer wieder saßen wir in seinem Garten mit der großen Buchenhecke, dem gepflegten Rosenpavillon und der stolzen Marienstatue, wo uns seine Frau Tee und Gebäck servierte. Dort klärte er mich Schritt für Schritt nicht nur über Protestantismus und elementare Wesenzüge der christlichen Lehre auf, sondern sprach auch über den inneren Fortschritt der katholischen Kirche, die bereits mit dem zweiten Vatikanischen Konzil einen hoffnungsvollen, liberalen Kurs eingeschlagen habe.

Oft gingen wir ins Detail. Da ich von Haus aus kein Kirchgänger war und mein Verhältnis zur Seelsorge seit der pastoralen Grapschattacke gegen Hilde mehr als gestört war, konfrontierte ich ihn mit diesem Vorfall, der – wie ich hörte – keine Einzeltat gewesen sein soll. Der Protestant relativierte ausgesprochen glaubhaft miese Übergriffe dieser Art. Am Täter ließ er zwar kein gutes Haar. Doch er verwahrte sich mit Nachdruck gegen jegliche Form der Verallgemeinerung. Vorurteile seien fehl am Platz. Schwarze Schafe gebe es schließlich in jeder Branche. Deshalb müsse die auf dem Markt befindliche Ware sich vom Grundsatz her nicht ebenfalls in einem schlechten Zustand befinden, konterte er. Auch dem allgemeinen Jammern und Wehklagen in der Gesellschaft erteilte er eine gehörige Abfuhr. Wir sollten es uns sparen, die Politik anzuklagen. Auch die verhalte sich so, weil sie auf jeden und alles Rücksicht nehmen müsse. Und die jungen Leute? »Die sind so, weil wir sie auf eine Weise großgezogen haben, die weder Kritikfähigkeit noch Mut zur Veränderung umfasst.« Und wer sei schon in der Lage, sich mehr über seinen eigenen Egoismus zu echauffieren als über den des anderen. Er riet mir, Rahner zu lesen: Denn zwischen dem Menschen und dem Gesetz, das besage, wie der Mensch zu sein habe, vermittele nur Gott und dessen Gnade.

Als ich eines Tages bei ihm erschien und ihm mitteilte, dass ich katholischer Priester werden wollte, holte er den besten Tropfen, den er hatte, aus dem Keller. Was folgte, war ein langes Gespräch, in dessen Verlauf er mich nur noch »Herr Kollege« nannte.

Die Predigt

Der Pfarrer und seine Haushälterin waren fürs Erste bedient. Der Schock vom Fußballplatz saß tief, außerdem kam Klaas immer häufiger mit hängendem Kopf aus dem Kindergarten nach Hause. Der Junge wirkte verschlossen. Der Eklat vom Sportplatz hatte sich in Windeseile herumgesprochen. Und wer weiß, wie Kinder sind, weiß auch, dass sie überaus gemein sein können. Über die Tragweite dessen, was sie mit ihren kleinen Sticheleien anrichten können, sind sie sich gleichwohl nicht bewusst.

Paula und Frank erfuhren prompt von den Schwierigkeiten, mit denen ihr Sprössling seit einiger Zeit im Kindergarten zu kämpfen hatte. Die Leiterin des Hauses bat Paula Brandt, sich des Problems anzunehmen. Sie riet ihr sogar, Klaas für einige Zeit nicht in den Hort zu schicken. Die Situation drohe zu eskalieren, Klaas reagiere zunehmend aggressiv. Heftige Raufereien seien an der Tagesordnung.

Auch die Beziehung zwischen Paula und Frank litt. Vorbei die schöne Zeit gemeinsamer Lese- und Fernseh-Abende oder leidenschaftlicher Liebe. Dunkle Wolken lagen über dem Pfarrhaus der Kirchengemeinde St. Marien. Immer öfter gingen sie sich aus dem Weg; und während Paula schweigend vor dem Fernseher hockte, suchte Frank Trost in einer Flasche Wein.

Schwankend machte sich Frank Buschhoven daran, sein inneres Gleichgewicht wieder zu finden. Er wollte die Lasten, die auf ihm ruhten wie eine zentnerschwere Decke, mit einem Mal abschütteln. In seinem Kopf hörte er oft nur noch diffuses Rauschen, der Kirchemann zermarterte sich sein Gehirn. Hatte sich die ganze Welt tatsächlich gegen ihn verschworen? War der Begriff der Gerechtigkeit nur eine hohle Phrase? Was ging in den Menschen vor? Und wo blieb die Gnade, von der sein Freund, der evangelische Pfarrer, immerzu geschwärmt hatte? Kam sie für ihn erst dann, wenn alles zu spät war? Was sollte er tun, um die Menschen sensibel zu machen? Welche Ansprüche stellten sie an ihr Leben, an sich selbst? Wie sahen seine eigenen aus? Geduld, Hoffnung, Glaube. Wie strapazierfähig waren diese Begriffe? Konnte man sie wirklich mit Leben erfüllen? »Probieren wir es aus«, sagte sich Frank Buschhoven. Der Kirchenmann startete eine neue Offensive.

An einem verregneten Sonntagmorgen begrüßte Dechant Frank Buschhoven die Gemeinde zum Hochamt. Mit fester Stimme las er das Matthäus-Evangelium:

»Jesus spricht: Bittet, dann wird euch gegeben; sucht, dann werdet ihr finden; klopft an, dann wird euch geöffnet. Denn wer bittet, der erhält; wer sucht, der findet; und wer anklopft, dem wird geöffnet. Oder ist einer unter euch, der seinem Sohn einen Stein gibt, wenn er um Brot bittet, oder der ihm eine Schlange gibt, wenn er um einen Fisch bittet? Wenn nun schon ihr, die ihr böse seid, euren Kindern gebt, was gut ist, wie viel mehr wird euer Vater im Himmel denen, die ihn bitten, Gutes geben.

Wort des lebendigen Gottes.«

Pastor Frank Buschhoven hatte mit diesem Evangelium seiner Einschätzung nach das richtige Entrée für seine Predigt gefunden. Jetzt betrat der Kirchenmann die Kanzel, um seinen Schäfchen, die bis dahin ehrfürchtig in den harten Kirchenbänken knieten, ordentlich die Messe zu lesen:

»Liebe Mitschwestern und Mitbrüder im Glauben.

›Wehe euch, Schriftgelehrte und Pharisäer, ihr Heuchler! Ihr schließt das Himmelreich vor den Menschen zu. Ihr selbst kommt ja nicht hinein: aber ihr lasst auch die, welche hineinkommen wollen, nicht hinein‹.

Diese Matthäus-Worte aus Kapitel 23, Vers 13, sagen eine ganze Menge. Als gute Christen müssen wir uns fragen, warum steht so etwas in der heiligen Schrift? Das trifft schließlich nicht auf uns zu, die wir doch eigentlich keiner Fliege etwas zu Leide tun, niemanden schlagen, nicht stehlen und dazu noch jeden Sonntag den Gottesdienst besuchen. Also weg mit diesem Kapitel aus der Bibel! So etwas hat dort nichts zu suchen!

Aber, liebe Mitchristen, dürfen wir es uns wirklich so einfach machen? Müssen diese Matthäus-Worte nicht vielleicht doch hinterfragt werden? Ich für meine Person beantworte diese Fragen mit einem klaren ›Ja‹. Ich, als euer Seelsorger, stelle doch selbst hin und wieder fest, dass ich anderen Menschen das Leben schwer mache. Gewiss, unbewusst; aber immerhin. Dann frage ich mich: Musste ich den kleinen Jungen heute im Religionsunterricht wirklich maßregeln, nur weil er einmal zu laut war? Oder hätte ich nicht bessere Worte finden können für die alte Frau am Krankenbett?

Was ist zu tun? Ich horche in mich hinein! Und mit hoher Wahrscheinlichkeit werde ich beim nächsten Mal behutsamer mit dem Jungen in der Schule umgehen, wenn der mal wieder aus sich heraus muss. Und ich werde einfach fünf Minuten länger am Krankenbett der alten Dame sitzen bleiben und ihr ein tröstendes Wort aus der Bibel vorlesen.

Jetzt mögt ihr mich, liebe Gemeinde, für einen Egoisten halten. Aber ich sage hier und heute: Wer hat denn eigentlich mich getröstet in vergangener Zeit? Oder wer hat meine

Haushälterin in schwerer Stunde in den Arm genommen? Oder wer hat den kleinen Klaas Brandt aufgemuntert, nachdem er unter wüsten Beschimpfungen vom Sportplatz gejagt wurde? Ich sehe euch allen in die Augen, die ihr diese in diesem Moment ins Leere richtet, und behaupte frei: Von euch war niemand dabei!«, zischte es von der Schönenbacher Kanzel, die sich Funken sprühend anschickte, über die geduckten Geister herzufallen.

»Ich erlaube mir, in diesem Zusammenhang den Begriff des Mobbings zu strapazieren«, fuhr der Kirchenmann fort. »Dieses Wort leitet sich aus dem Lateinischen ab. Unter Mob verstand man seinerzeit den Pöbel, die kriminelle Bande oder das organisierte Verbrechen. Und wenn heutzutage jemand Mobbing betreibt, dann heißt das nichts anderes, als dass er andere Menschen schikaniert, quält oder verletzt. Dies muss nicht nur mit Worten sein. Mobbing ist auch, nichts zu sagen oder nicht zu handeln, wenn jemand Hilfe braucht oder wenn es jemandem einfach nur dreckig geht.

Es fällt mir in dieser Stunde, in der ich im Innersten meines Herzens bebe und meine aufgestauten Worte wie heiße Lava meinen Mund verlassen, nicht einmal schwer zu sagen: Ja, ihr seid Mobber! Ihr gehört zu der Sorte, die sich erdreistet, drei Menschen aus Fleisch und Blut durchs Dorf zu jagen, sie zu beleidigen, zu missachten und sie in den Abgrund zu treiben, ohne dass ihr euch über die vernichtenden Konsequenzen im Klaren seid. Ihr versteckt euch hinter der durchsichtigen Fassade religiöser Volksfrömmigkeit, gebt Güte, Treue und Toleranz nur vor.

Aber der Schein trügt. In Wirklichkeit sind es Selbstzufriedenheit, Anmaßung und grenzenloser Opportunismus, die euch umtreiben.«

War da etwa ein leichtes Raunen, das durch die staunenden Reihen ging? Die Bänke jedenfalls begannen unter den Leibern zu knistern, selbst die Beichtstühle aus massivem Eichenholz schienen in Bewegung zu geraten; fehlte nur noch, dass sich deren schwere Brokatvorhänge von selbst öffneten, um die Menschen zur zwanglosen Seelenreinigung einzuladen.

Doch der Kirchenmann war noch nicht am Ende: »Wo ist euer Gewissen? Auch ich bin ein Mensch. Gott der Herr hat mich so gewollt, aus seiner Kraft und aus seinem Willen heraus so erschaffen wie ich bin; eben so, wie ich heute vor euch stehe. Und ich bin nicht gewillt, auch nur den geringsten Zweifel an meinem Aufbäumen zu lassen, und ich werde mich so lange gegen alle Anfeindungen zur Wehr setzen, wie Jesus mir die Kraft dazu gibt. Kampflos werde ich dieses Feld der Verachtung und Widersprüche jedenfalls nicht räumen. Das sage ich euch in dem festen Glauben an Gott, seinen Sohn, den heiligen Geist und die heilige katholische Kirche«, schallte es durch das Schönenbacher Kirchenschiff, dessen Planken zu bersten schienen und das selbst nicht mehr wusste, ob es dem Sturm noch standhalten konnte.

»So danke ich unserem Herrn Jesus Christus, dass er mich mit dem Mut ausgestattet hat, hiermit in meinem Dekanat den pastoralen Notstand auszurufen. Die momentane personelle Situation in der katholischen Seelsorge – und da übertreibe ich keineswegs – ist katastrophal. Welcher junge Mann will denn heute noch Priester werden? Wenn sich unsere Kirche nicht von innen heraus erneuert, geht sie – schneller als alle Bischöfe und ein hoffnungslos überforderter Papst denken – den Bach hinunter. Und die Strömung wird stärker. Deshalb muss die Zeit kommen, dass in diesem Kirchenapparat aus Heuchlern und reaktionären Besserwissern endlich ein gesunder Dialog entsteht. Ein Dialog, der die Menschen aufrüttelt und ihnen begreiflich macht, dass auch Seelsorger Menschen sind.

Ich selbst habe in meinem Leben den Zölibat nie akzeptiert. Aber keiner von euch, der da unten sitzt, kann mir beweisen, dass ich ihn je gebrochen habe. Wenn ihr auch nur den Hauch von Gewissen euer Eigen nennt, dann helft! Helft, die Amtskirche zu erneuern. Die innere Kirche und die Seelsorge stehen auf dem Spiel! Sie brauchen euch, die Menschen.

So lesen wir beim Propheten Ezechiel: ›Wehe den Hirten Israels, die nur für sich selbst sorgen! Müssen die Hirten nicht für die Herde sorgen? Die schwachen Tiere stärkt ihr nicht, die scheuen holt ihr nicht zurück, die verirrten sucht ihr nicht, und die starken misshandelt ihr. Und weil sie Hunger hatten, zerstreuten sich meine Schafe und wurden eine Beute der wilden Tiere. Keiner kümmert sich um sie, niemand sucht sie.‹

Schreibt euch das hinter die Ohren, meine Lämmer!

Die Gnade unseres Herrn Jesus Christus und die Liebe Gottes des Vaters und die Gemeinschaft des Heiligen Geistes sei mit euch. Amen.«

Noch am gleichen Abend: Sondersitzung des Pfarrgemeinderats im Pfarrheim St. Marien. Der Schock saß tief. Frank Buschhovens Predigt hatte das Fass zum Überlaufen gebracht. Wie ein Lauffeuer hatte sich die Nachricht von der Predigt im Dorf herum gesprochen. Auch die meisten jener Pfarrmitglieder, die nur an Ostern oder Weihnachten in die Kirche gingen, waren erbost.

Schweren Schritts schleppten sich die christlichen Mandatsträger die knarzende Holztreppe in den kleinen, muffigen Sitzungssaal hinauf. Henning Gerhard, pensionierter Postbeamter und Vorsitzender des örtlichen Kirchengremiums, hatte am Kopfende des Tischs bereits Platz genommen. Es roch nach Moder und Fäule. Besonders an diesem Tag, nach den starken Regenfällen, war die Raumluft noch feuchter als sonst. Das undichte Dach forderte einmal mehr seinen Tribut. Und kalt war es in dem kleinen Zimmer auch. Die Fenster, an denen ohnehin kaum noch Farbe haftete, waren undicht. Hinzu kam, dass der Herr den Wind diesmal besonders kräftig blasen ließ. Die Wände machten derweil einen ordentlichen Eindruck, nachdem Frank Buschhoven vor ein paar Wochen selbst zu Farbeimer und Pinsel gegriffen hatte. Ein paar Messdiener waren ihm behilflich.

An der Stirnseite des Zimmers hing ein großes, hölzernes Kruzifix, direkt daneben ein riesiges, farbiges Poster, das Madonna zeigte, die Pop-Sängerin Madonna; in recht freizügiger, wenn auch nicht anstößiger Pose. Die Jugendgruppe hatte hier wohl zuletzt getagt.

Keine Frage, bevor Henning Gerhard die Sitzung eröffnete, musste das Poster von der Wand. Niemand aber wäre prädestinierter gewesen als Sieglinde Geiger-Degenhardt, hier Hand anzulegen. »Schweinerei, hängt nackt hier rum und heißt auch noch Madonna«, schimpfte sie. »Das wird ja immer schlimmer. Diese schmutzige Bande!« Mit zwei kräftigen Zügen riss Sieglinde das Poster wutschnaubend von der Tapete. Dabei touchierte sie das Kruzifix allerdings so heftig, dass es sich am rostigen Nagel zitternd zu einer kompletten Umdrehung genötigt sah und damit von einer Sekunde zur anderen die Gefahr drohte, es könnte himmelwärts steigen, um danach – den natürlichen Kräften folgend

– auf dem schäbigen Boden zu zerbersten. »Maria hilf!«, jaulte die rasende Frau.

Doch Gott sei Dank: Sieglinde Geiger-Degenhardt zeigte sich reaktionsschnell: Geistesgegenwärtig ließ sie Madonnas Posterfetzen fallen und packte das Kreuz in Höhe des angenagelten Leibes, um es so doch noch vor dem endgültigen Absturz zu bewahren. Dass sie sich beim Radschlag des Kruzifixes auch noch an der rechten Hand den Nagel des kleinen Fingers angerissen hatte, machte Sieglinde Geiger-Degenhardt noch erregter, als sie ohnehin war: »So ein Mist«, rief sie spontan, bekam sich aber auf der Stelle wieder in den Griff: »Maria hat geholfen.«

Mit gefalteten Händen, den Hals ergeben zwischen die Schulterblätter ziehend und den Kopf leicht zur Seite geneigt, bat sie den Herrn um Vergebung. »Tschuldigung«, murmelte sie. Schwer atmend platzierte sich die Frau des Advokaten schließlich neben den heftig Zustimmung signalisierenden Henning Gerhard, der sich noch schnell bekreuzigte. Beide behielten, wie etliche andere im Raum auch, ihre Mäntel an. Schließlich funktionierte die Heizung nicht.

Henning Gerhard erhob sich: »Hiermit eröffne ich offiziell die nichtöffentliche Sondersitzung des Pfarrgemeinderats St. Marien zu Schönenbach. Zunächst gebe ich eine kurze, formale Erklärung ab: Der Pfarrer, auch wenn er als Seelsorger der Pfarrei geborenes Mitglied in diesem Gremium ist, nimmt an dieser Sitzung nicht teil. Gibt es dagegen Einwände?«

Eine Sekunde später: »Ich sehe, das ist erkennbar nicht der Fall.«

»Genau, das ist auch gut so, schließlich hat der heute Morgen schon genug dummes Zeug geredet, dieser Halunke, dieser.«, zischte ein schnauzbärtiger Rentner, der seinen Hut aufbehalten hatte, in die Runde.

»Ruhe jetzt!« Vorsitzender Henning Gerhard rückte seine Krawatte zurecht und stellte die Ordnung rasch wieder her. »Wir haben natürlich heute nur einen Tagesordnungspunkt, und wie ihr euch alle vorstellen könnt, geht es um das Verhalten von Dechant Frank Buschhoven während seiner Predigt heute Morgen im Hochamt.«

»Ja, Henning, wenn ich denn jetzt einmal etwas dazu sagen dürfte«, mischte sich Sieglinde Geiger-Degenhardt ein. »Das dürfen wir uns jetzt wirklich nicht mehr gefallen lassen. Der Buschhoven macht mit uns den Molli.«

»Ja, der gehört abgesetzt!«, brüllte der Aufgebrachte mit dem Hut, riss sich die Kopfbedeckung vom Schädel und hielt den Filz am ausgestreckten rechten Arm drohend Richtung Vorstandstisch, als wolle er die Herrschaften dort vorne zur radikalsten aller radikalen Möglichkeiten auffordern.

»In diese Richtung tendiere ich auch«, gab Sieglinde Geiger-Degenhardt zurück. »Doch wir müssen das richtige Mittel wählen. Jeder von uns weiß schließlich, dass wir eine ebenso tolerante wie aufgeschlossene Gemeinde sind. Und wir haben unserem Pastor auch schon Vieles verziehen. Aber ich denke, heute ist er zu weit gegangen. Es liegt jetzt an uns allen hier in diesem Raum, die Initiative zu ergreifen.«

Henning Gerhard bestätigte: »Gewiss, gnädige Frau Geiger-Degenhardt. Da sind wir uns sicher alle einig. Für uns ist nun Handeln angesagt. Oder gibt es hier jemand, der in dieser Angelegenheit anderer Meinung ist?«, fragte der Vorsitzende.

Und weiter, nach einem kurzen Blick in die Versammlung: »Kein Widerspruch. Dann sollten wir uns nun überlegen, was zu tun ist.«

Da meldete sich Fußball-Trainer Paul Frei, der an diesem Abend im anthrazitfarben-glänzenden Jogging-Anzug erschienen war: »Wir müssen unseren Unmut nicht nur hier, sondern auch an höherer Stelle kundtun. Wir sollten noch heute Abend eine gemeinsame Resolution verabschieden, in der wir alles auflisten, was in der Vergangenheit hier vorgefallen ist. Und da dürfen wir mit Kritik nicht sparen. Auch unsere Vermutung, dass die beiden ein Kind haben, gehört da hinein.«

»Genau so, Herr Frei. Auch, dass er sich beim Feuerwehrfest daneben benommen hat und dass er das Zöla ... Zeli ... Zalibeet, oder wie das heißt, nicht haben will!«, krähte eine schrullige Mittvierzigerin aus der hintersten Reihe und ergänzte: »Wie viele Pastore gibt es denn, die keinen Sex machen. Und besonders die haben ihre Kirche besser in Ordnung wie der Lümmel, mit dem wir es hier zu tun haben!«

»Nun, bitte keine Emotionen«, schrie Henning Gerhard mit den Armen rudernd in den Raum hinein. »Ich schlage vor, dass wir jetzt zusammen einen Text entwerfen. Ich schreibe den dann morgen ins Reine, und Frau Geiger-Degenhardt und ich werden ihn unterzeichnen und zum Bischof senden.«

Gerhards Vorschlag fand spontan allgemeine Zustimmung.

»Und wir müssen auch an die Öffentlichkeit. Die Leute, auch die, die nicht aus unserem Dorf sind, sollten wissen, dass wir die Initiative ergriffen haben«, engagierte sich Paul Frei weiter.

»Einverstanden. Gute Idee«, entgegnete die fröstelnde Sieglinde. »Wir brauchen die Öffentlichkeit, um zu dokumentieren, dass wir initiativ sind. Ich möchte mich jedenfalls nicht dem Vorwurf aussetzen, nichts getan zu haben.«

Nach einer guten Stunde intensiven Beratens las Henning Gerhard den Text, der als Offener Brief an den Bischof und im gleichen Wortlaut an die lokale Presse gehen sollte, vor:

Sehr geehrter Herr Bischof!

Wir, der Pfarrgemeinderat der katholischen Kirchengemeinde St. Marien Schönenbach, befinden uns in einer misslichen Situation. Nach gemeinsamen Beratungen, die mehrere Stunden in Anspruch genommen haben, sehen wir uns in der Pflicht, Sie, sehr geehrter Herr Bischof, über die Vorgänge in unserer Pfarrgemeinde zu informieren.

Seit nunmehr rund acht Jahren betreut uns der von Ihnen in gutem Glauben bestellte Seelsorger, Herr Frank Buschhoven. Er trat seinen Dienst seinerzeit mit großem Engagement an. In den vergangenen Jahren haben die Gemeindeglieder jedoch den dringenden Verdacht, dass im Pfarrhaus nicht alles mit rechten Dingen zugeht. Nicht nur, dass Haushälterin Paula Brandt schwanger wurde, auch die Verhaltensweisen unseres Pfarrers bei öffentlichen Veranstaltungen (Feuerwehrfeste usw.) haben uns misstrauisch gemacht.

Für einen nicht wieder gut zu machenden Eklat sorgte Herr Buschhoven am vergangenen Sonntag, als er seine Gemeinde von der Kanzel herab diffamierte und auf das Übelste beschimpfte. Außerdem hat er sich unmissverständlich gegen den Zölibat ausgesprochen. Seine Predigt gipfelte darin, dass er sogar den Heiligen Vater in Rom bloßstellte. Unsere Kirchengemeinde steht vor einem Scherbenhaufen.

Sehr geehrter Herr Bischof. Wir bitten Sie eindringlich, diese Angelegenheit zu prüfen und die notwendigen Schritte einzuleiten, damit der Friede in unserem Dorf wieder einkehren kann. Für uns alle bedeutet dieser Unfrieden einen herben Verlust von Sicherheit und Lebensqualität. Zudem befürchten wir einen eklatanten Schwund an Kirchgängern, Menschen, die ihrem Glauben untreu werden könnten. Es ist uns daran gelegen, dass möglichst schnell eine Lösung herbeigeführt wird. Für das, was zur Zeit in unserem Ort stattfindet, schämen wir uns zutiefst. Möge Gott der Herr, die Jungfrau Maria und der heilige Geist uns allen in dieser schweren Stunde beistehen.

Der Provinzschreiber

In der Redaktion des »Echo« wurde der Offene Brief der Kirchenleute mit großem Interesse zur Kenntnis genommen. Der junge Lokalredakteur Tim Fischer hatte seinen Ressortleiter unverzüglich über die brisante Post unterrichtet. »Da bahnt sich was an«, prognostizierte Fischer. »Ich möchte mit dieser Geschichte morgen aufmachen.« Schmunzelnd und ohne jedes Federlesen zeigte sich der Lokalchef einverstanden, beauftragte Tim Fischer für eine vernünftige Illustration zu sorgen, die übliche Gegenrecherche zu starten und zu kommentieren. »Mach's wie immer, Tim!«, ermutigte der Chef seinen Redakteur.

Der ließ sich nicht lange bitten. Tim Fischer griff sofort zum Telefon und rief Dechant Buschhoven an.

»Wir haben einen Offenen Brief erhalten. Vom Pfarrgemeinderat. Nicht gerade besonders freundlich. In dem Brief, der auch an den Bischof adressiert ist, geht es jedenfalls darum, dass sie gerüffelt werden sollen, wenn nicht noch mehr.«

»Was ist das für ein Brief?«, unterbrach Frank Buschhoven den Journalisten. »Davon weiß ich nichts.«

»Nun. Es geht da unter anderem um die Predigt, die Sie am Sonntag gehalten haben. Wenn ich mal kurz zitieren darf: ›Sehr geehrter Herr Bischof. Wir bitten Sie eindringlich, diese Angelegenheit zu prüfen und die notwendigen Schritte einzuleiten, damit der Friede in unserem Dorf wieder einkehren kann‹. Zitat Ende.«

»Und das steht also morgen in der Zeitung?«

»Ja, Herr Buschhoven. Aber vorher möchte ich Sie um eine kurze Stellungnahme bitten.«

Frank Buschhoven atmete tief durch. Dann entschloss er sich, den Kampf weiterzuführen:

»Nun, Herr Fischer. Ich nehme zur Kenntnis, dass ich erst heute durch Sie von dem Brief erfahren habe. Ich bin sehr erstaunt über die Vorgehensweise des Pfarrgemeinderats. Offenbar versucht man, mich fortgesetzt zu hintergehen. Von dem, was ich in meiner Predigt gesagt habe, rücke ich aber keinen Schritt ab. Ich stehe zu meinem Wort. Außerdem wiederhole ich hier ganz offen, dass ich Probleme habe, den Zölibat zu akzeptieren. Innerhalb der Kirche muss endlich ein lebendiger Dialog entstehen. In der Kirche läuft einiges falsch. Warum gibt es denn einen akuten Priestermangel? Dass ich aufgrund der Personalnot in meinem Dekanat den pastoralen Notstand ausgerufen habe, ist eine logische Folge dieser für uns alle misslichen Situation. Ich sehe momentan außerdem etliche Bischöfe, die nicht mehr Herr der Lage sind. Und auch der Papst ist in dieser Frage ganz offenbar hoffnungslos überfordert. Wie dem auch sei: Ich bin trotzdem sicher, dass sich die Aufregung im Dorf bald legen wird. Das Gremium hat hier sicher etwas voreilig reagiert. Eine Kurzschlusshandlung. Im Übrigen glaube ich, dass unser Bischof, einer der liberalsten seiner Zunft, weiß, wie er mit so einem Pamphlet umzugehen hat.«

Der Journalist legte den Kugelschreiber zur Seite: »Aber mal außerhalb der Tagesordnung, beziehungsweise ohne, dass ich mitschreibe: Glauben sie wirklich, dass sich die Situation wieder beruhigen wird? Sie haben es hier mit verdammt einflussreichen Leuten aufgenommen!«

»Herr Fischer, ich glaube!«

Am Nachmittag war Beichtgelegenheit in der Pfarrkirche St. Marien. Waren es in der Vergangenheit immer noch wenigstens vier oder fünf ältere Leute, die das Angebot nutzten, so erschien an diesem Tag nur eine einzige alte Dame.

»Gelobt sei Jesus Christus.« Frank Buschhoven segnete die Frau.

»In Ewigkeit, Amen«, antwortete sie. Wegen der Dunkelheit und der dicht in Rautenform angeordneten Holzleisten, durch die die Akteure im Beichtstuhl getrennt waren, erkannte Frank Buschhoven zunächst nicht, wer auf dem Sünderbänkchen kniete. Außerdem schaute er diskret zur anderen Seite, hielt nur sein linkes Ohr hin.

»Herr Paschtor, isch bin ett. De Frau Ziebisch. Isch muss mit Ihne schwätze.«

Dechant Buschhoven horchte auf.

»Habe se schoh von däm Brief geheert?«, flüsterte Klara.

»Ja, die Presse hat mich heute schon angerufen.«

»Is dat net en Unverschämtheit, Herr Pfarrer?«

»Ja, das finde ich auch.«

»Lasse se sich nix gefalle von de Heuschler. Isch helf Ihne!«

»Das freut mich, liebe Frau Ziebig. Aber wie wollen Sie mir helfen?«

»Baue se ihr Pfarrheim. Setzen se sisch en Denkmal. Isch bezahl!«

»Aber Frau Ziebig!«

»Doch, liebä Herr Paschtor. Isch hab Geld genuuch. Meine Mann hat mer genuuch hinterlass. Für de Kinner, och wenn se misch kaum noch besuche, bleibt och noch wat übrisch. Un wat soll ich alt Frau schoo damit mache. Sie könne et besser gebrauche. Un glaube se mir. Isch geb et wirklisch gern!«

»Das kann ich doch nicht annehmen«, wand sich Buschhoven.

»Doch, se müsse sogar. Sonscht bin isch bös mit ihne. Und dat wolle se doch sicher net, oder?«, schäkerte die alte Dame in die Faust hinein lächelnd.

»Keineswegs, liebe Frau Ziebig!«

»Also, dann ziere se sisch net und hole gleich, wenn isch weg bin, hier die Tüt vom Aldi. Die lass isch hier in de Eck lieje. Da sin 150.000 Mark drin.«

»Das kann ich kaum glauben. Ich bin Ihnen sehr dankbar.«

»Jo, is scho gutt.«

Mühsam, aber entschlossen erhob sich die alte Dame und flüsterte noch schnell: »Gelobt sei Jesus Christus. Un och vielmals Halleluja, Herr Pfarrer!« Dann segnete sie den Dechanten, bekreuzigte sich und verließ mit kurzen, schnellen Schritten die Kirche.

Mit der Aldi-Tüte unter dem Arm schlenderte Frank Buschhoven pfeifend Richtung Pfarrhaus. Unterwegs grüßte er noch schnell Henning Gerhard, der gerade auf dem Weg zum Friedhof war: »Guten Tag. Na, lieber Herr Gerhard, wie geht's uns denn heute? Ich hoffe, Sie haben gut geschlafen! Der Herr sei mit Ihnen!«

Frank Buschhoven war gerade einmal drei Tage Pfarrer in St. Marien, als er die Bekanntschaft Klara Ziebigs machte. Sie war ihm von Anfang an sympathisch, und er bemerkte sofort, dass sie Kontakt suchte. Hinzu kam sicher auch ein gerüttelt Maß an Neugierde, schließlich hatte die Frau ihn bis dahin nur in der Kirche gesehen; und zwar aus einiger Entfernung.

Jedenfalls kam er bei ihr kaum zu Wort. Immer, wenn sie einen Satz beendet hatte, nahm sie tief Luft, um weiter zu erzählen. Zu Beginn berichtete sie über ihre einzelnen Lebensabschnitte. Dass sie aus dem Saarland stamme, allein aufgrund dieser Tatsache prima kochen könne und einen guten Tropfen zu schätzen wisse. Aber auch Anekdoten aus ihrer Jugend gab Klara Ziebig zum Besten. Zum Beispiel, dass sie ausgezeichnet Ziehharmonika spielen könne und jede Menge Verehrer hatte (»Herr Paschtor, ob se et glaube oder net: An jedem Finger mindeschtens drei, ich konnt mer die Kerle aussuche!«). Dabei legte sie ihre Stirn in Falten, presste die Lippen zusammen und schaute dem Pastor verschmitzt in die Augen. Aus ihrer Handtasche holte sie dann ihr Portemonnaie und zeigte unzählige Fotos von ihrer Hochzeit, von den Kindern, Enkeln und den beiden Urenkeln, die sie inzwischen hatte.

Klaras Mann arbeitete mehr als 40 Jahre als Polier bei einer großen Baufirma in Nordrhein-Westfalen. Die meiste Zeit seines Lebens war er auf Montage. Trotz der werktäglichen Trennung führten die beiden eine glückliche Ehe. Sie telefonierten jeden Tag miteinander, manchmal schrieben sie sich sogar Briefe.

Als die beiden Töchter erwachsen waren und auf eigenen Füßen standen, nahm Klara wieder ihre Arbeit auf. Sie war Sachbearbeiterin bei der Kreisverwaltung. Dort füllte sie auf der landwirtschaftlichen Beratungsstelle Formulare aus und kümmerte sich nebenbei um die Lehrlinge. Von montags bis freitags fuhr sie mit dem Bus in die Kreisstadt. Bei den Mitarbeitern im Kreishaus war sie eine allseits geschätzte Kollegin.

Was sollte sie auch schon den ganzen Tag alleine zu Hause? Den Fall, dass eines Tages die Decke auf sie herabstürzen und sie vom Grieskram gepackt werden könnte, wollte sie unter allen Umständen vermeiden. Die Wochenenden hatten sie und ihr Mann jedoch meist zur freien Verfügung, da beide keine großen Verpflichtungen mehr hatten und auch ihr Freundeskreis sehr überschaubar war. Das ergab sich allein aus der ständigen Abwesenheit ihres Mannes und der allgemeinen Zurückhaltung, die Klara zu eigen war. Als ihr Mann in Rente ging, gab auch sie ihre Tätigkeit bei der Kreisverwaltung auf. Die Eheleute schafften es sogar, exakt vom gleichen Tag an ihre Pensionsansprüche in Anspruch zu nehmen.

Klara Ziebigs Mann hatte allerdings nicht viel Freude an seinem Lebensabend. Lediglich drei Monate nach der Pensionierung erkrankte er an Krebs. Ein bösartiger Darmtumor suchte ihn heim. Nach erfolgreicher Operation kam er zwar wieder bis zu einem gewissen Grade auf die Beine, doch nagte der Schicksalsschlag arg an seinem Befinden.

Klara merkte man von all dem nichts an. Ihr rigoroses Auftreten, ihr Humor, ihre Intelligenz und nicht zuletzt ihr Glaube halfen ihr, dieses Schicksal einigermaßen zu ertragen. Ihren wahren Kummer zeigte Klara nie öffentlich. Wenn sie einmal weinte, dann tat sie es in der Kirche. Und dies nicht nur wegen der Erkrankung und nach dem Tod ihres Mannes, sondern auch, weil beide Töchter sich kaum noch zu Hause blicken ließen.

Trotz ihrer dominanten Persönlichkeit und der anfänglichen Ablehnung gelang es Frank Buschhoven, Klara Ziebig aus der häuslichen Enge etwas zu befreien. Er überredete sie dazu, Mitglied im Strickkreis zu werden. Das Argument, dass ihr etwas Zerstreuung im Umgang mit Gleichaltrigen und Gleichgesinnten sicherlich gut tun würde, zog; zumindest zur Hälfte. Gleichaltrige ja, meinte sie. Aber ob die Gleichaltrigen auch gleichgesinnt seien, das müsse sich allerdings erst noch herausstellen.

Paula Brandt hatte den Frühstückstisch gedeckt. Der kleine Klaas saß bereits bei einer randvoll gefüllten Schüssel mit Müsli, die er nervös in sich hineinschaufelte. Der Kaffeeautomat röchelte und dampfte, und die Brotmaschine brummte, während sie geduldig Schnitte für Schnitte vom krustigen Laib abfraß. Paulas Wangen leuchteten rot, schon zum dritten Mal schaute sie zur Uhr. Einen Blick in die Zeitung hatte sie bereits geworfen, doch weil ihr nach der Lektüre der Überschrift der Atem stockte, faltete sie das Blatt schnell wieder zusammen und legte es an Franks Platz. Als der Eierkocher mit der üblichen Penetranz zu gellen begann, ein Geräusch, dass für Paula zu den widerlichsten der Welt zählte, erschrak sie so sehr, dass ihr das Küchengerät beim Ausschalten in die Spüle rutschte. Gemächlich schlurfte Frank auf gefilzten Puschen endlich in die Küche, peilte mit verschlafenen Augen die Lage und schlug die Zeitung auf.

Priester-Putsch in Schönenbach

Pfarrgemeinderat möchte Pfarrer los werden –
Frank Buschhoven bleibt hart

»Donnerwetter, der Junge geht aber zur Sache«, kommentierte Buschhoven die Überschrift.

»Kann mal wohl sagen!«, entgegnete Paula.

In dem Bericht, der schon von der Größe her aus dem Rahmen fiel, gab Redakteur Tim Fischer den Inhalt der Pfarrgemeinderatsresolution wieder und stellte die Reaktion von Frank Buschhoven hinzu. Illustriert war die Seite mit einem Archivfoto von Buschhovens Primiz. In seiner neben dem Haupttext platzierten Kommentierung stellte sich Tim Fischer wie erwartet auf die Seite des Pfarrers. Dabei stützte der Journalist die inzwischen an die Öffentlichkeit gedrungenen Aussagen des Theologen zur Lockerung des Zölibats und zeigte Verständnis für die Proklamation des pastoralen Notstands durch den Dechanten. Gleichzeitig warf auch Tim Fischer dem Pfarrgemeinderat Heuchelei vor. Auch vor dem Bischof machte der Journalist keinen Bückling. »Der Bischof sollte sich genau überlegen, wem er in dieser Affäre Glauben schenkt!«, schrieb er.

Verbündete

Sieglinde Geiger-Degenhardt hatte es als eine Selbstverständlichkeit betrachtet, dass Frank Buschhoven sie und ihren Mann vor sieben Jahren – nach rund sechsmonatiger »Wilder Ehe« – in einem feierlichen Gottesdienst traute. Sie trug ein zweiteiliges Modell aus Georgette, bestehend aus einem korsagenförmigen, bestickten Oberteil und einem leicht ausgestellten Rock mit bestickter Saumkante. Das ließ sie schlank aussehen. Ein zweilagiger Schleier aus feinem Tüll mit breiter Satinkante und zarter Rankenstickerei feierte mit. Die roten und blauen Pailletten glitzerten fröhlich an Saum und Spitzen, und Sieglindes Augenaufschlag wirkte zu dieser feierlichen Stunde ebenso distanziert galant wie dirigierend. Dass sie zuvor schon zwei Mal verheiratet war und die Kirche in diesem Fall normalerweise keine neuerliche Trauung am Altar vorsah, wollte sie für ihre Person nicht gelten lassen. »Was glauben Sie denn, warum ich damals hierher gezogen bin, Herr Buschhoven? Die Kerle haben mich belogen und betrogen. Ich konnte mich nicht mehr sehen lassen. Der Tapetenwechsel war unumgänglich. Jetzt möchte ich mich in dieser Gemeinde engagieren und ein Ehrenamt annehmen. Sie wissen ja, bei der Position meines Mannes ...«, hauchte sie. »Und Sie können mir glauben, dass ich es aber auch wirklich gerne tue.«

Sieglinde Geigers engste Mitstreiterinnen im Heimatverein waren Paul Freis Ehefrau Petra und Anna Gerhard, die Gattin des Pfarrgemeinderatsvorsitzenden Henning Gerhard. Petra Frei kam aus gutem Hause. Sie wuchs als Einzelkind auf, machte einen guten Realschulabschluss, um danach Kosmetikerin zu werden. Zu Hause galt nur ihr Wille. Und wenn im häuslichen Rahmen einmal etwas nicht nach Petras Wünschen ging, machte sie gekonnt von ihrem lasziven Charme Gebrauch, dem Ehemann Paul in keiner Situation zu widerstehen imstande war. Dafür legte der am anderen Tag in der Schule eine Schippe drauf. Dann war er wieder ganz Mann: robust, durchsetzungsfähig und stimmgewaltig.

Ähnlich gepolt wie Petra war Anna Gerhard. Mit 49 Jahren war sie elf Jahre jünger als ihr Ehemann. Die Tochter eines Finanzbeamten im mittleren Dienst hatte von ihrer Mutter übernommen, dass man sich die Männer von Anfang an gut erziehen musste. Diesen Rat hatte Anna, die bis vor einigen Jahren als Bürogehilfin in der Verwaltung eines Supermarkts Preistafeln beschriftete und Lageristinnen einteilte, stets beherzigt. Ehemann Henning spielte jedenfalls vom ersten Tag des Zusammenseins in der gemeinsamen Vier-Zimmer-Wohnung bei der Hausarbeit eine tragende Rolle.

Nach der Zeitungslektüre vom Morgen machten sich in der Damen-Riege Empörung und Entsetzen breit. Tim Fischer hatte ganz offenkundig den einen oder anderen Nerv freigelegt. Als Petra Frei und Anna Gerhard unmittelbar nach der Frühmesse bei Sieglinde eintrafen, stöhnte nicht nur die Kaffeemaschine unter der Dauerbelastung; auch die Schreibmaschine bekam ihr Fett weg. Die Zigarette im Mundwinkel, prügelte die Hausherrin – noch im Bademantel – auf die Tasten ein, als wären diese Schuld an allem Elend dieser Welt.

»Wie, ich dachte, du rauchst nicht mehr?«, fragte Anna und blickte Sieglinde G. über die Schulter.

»Seit einer Stunde rauche ich wieder. Und wie ich rauche! Genau seit dem Moment, als ich die Zeitung in den Mülleimer gestopft habe.«

Den Leserbrief, der mit vornehmen Formulierungen nicht gerade üppig bestückt war, beförderten die drei Damen »in Erwartung des Abdrucks noch in der nächsten Ausgabe!« anschließend persönlich ins Redaktionssekretariat. Gleichzeitig schmetterten sie einen weiteren an Chefredaktion und Verlagsleitung adressierten Brief auf den Tisch, hinter dem sich die Sekretärin in diesem Moment am liebsten verkrochen hätte. Darin forderten sie die Zeitungschefs auf, dem »verantwortungslosen Treiben des Provinz-Schreiberlings« mit sofortiger Wirkung ein Ende zu setzen und sich einmal selbst näher mit dem deutschen Pressegesetz und moralischer Verantwortung im Journalismus zu beschäftigen.

Einen verlässlichen Verbündeten fanden Sieglinde Geiger-Degenhardt und ihre Kolleginnen in der Person von Bankchef Gerd-Michael Geiger, den sie nicht lange überreden mussten. Der K+I-Filialleiter kam dem Wunsch seiner bestürzten Schwägerin, dem Verleger einmal eine »ordentliche Kopfwäsche« zu verpassen, gerne nach. Geigers Telefonat mit dem Zeitungschef gipfelte schließlich in der Drohung, ab sofort sämtliche Bankanzeigen zu stornieren. Der Verlagsleiter nahm die wüste Attacke pro forma mit dem unvermeidlichen Ausdruck des Bedauerns zur Kenntnis. Gleichwohl rief er unmittelbar danach den Chefredakteur zu sich mit der Bitte, den Kollegen Fischer für seinen mutigen Kommentar – auch im Namen der Geschäftsführung – ausdrücklich zu loben.

Erklärungsversuche

Der See war glatt wie ein Spiegel, das Gras noch feucht vom Morgentau. Der Tag klopfte leise an. Auf der gegenüber liegenden Seite stieg drohend Dunst aus den Büschen. Ehe er sich verflüchtigte, wartete er in breit gefächerter Wolke, als komme es ihm darauf an, aus erhabener Position die Welt zu beobachten, die sich ängstlich unter ihm duckte. Über die Bundesstraße nebenan jagten die ersten Lastwagen. Die Apfelsinenbomber aus Spanien brachten Vitamine ins Land. Seit dem Erdwall, der die Straße begrenzte, ungeniert die Bäume genommen worden waren, drang der Motorenlärm ungehindert zum dahinterliegenden Weiher vor.

Sieben Uhr. Der Dunst hatte sich verzogen, die Sonne schien den Bäumen ins Genick. Die Holzhütte, in der es sonntags geräucherte Forellen, Kartoffelsalat und Kuchen gab, ließ sich nun auch wieder blicken. Mit dem ersten Luftzug gerieten die Posen in Bewegung, während ein Kormoran fast lautlos zum Frühstück abtauchte. Ein knubbliger Mann mit Bart und schwerem Gerät machte auf der Nordseite Quartier:

»Na, habt ihr schon was?«, rief er ranzig.

Frank Buschhoven schüttelte den Kopf.

»Ich gehe heute wieder auf Karpfen«, brabbelte der Pausbackige mit der Zigarette im Mundwinkel weiter. »Gestern und vorgestern habe ich angefüttert. Das wäre ja wohl gelacht, wenn die heute nicht beißen.«

»Der Schwätzer schon wieder«, murmelte Klaas. »Der soll sein Maul halten, der verscheucht uns die ganzen Fische.«

»Lass ihn, der ist ganz okay. Komm, wir wechseln den Köder, gleich fängt die Beißzeit an.«

»Die beißen heute sowieso nicht. Beim letzten Mal haben sie schon nicht gebissen. Ich habe keine Lust mehr.«

Klaas griff die Rute, peitschte mit der Spitze das Wasser und prügelte auf die Rohrkolben ein.

»Was ist los mit dir?«

»Das habe ich dir doch gesagt. Ich habe keine Lust.«

Der Junge warf die Rute ins Schilf, klammerte sich an Franks Bein und trat wütend ins Gras.

»Warum sind die Leute so komisch? Warum darf ich nicht mehr Fußball spielen?«

»Wir wollten doch eine Pause machen.«

»Nur, weil der Trainer ein einziges Mal mit mir geschimpft hat?«, wollte Klaas wissen.

»Du musst zugeben; er war ganz schön ekelhaft. Das war schon mehr als Schimpfen.«

»Der meckert doch auch mit den anderen. Und du hast in der Kirche ja auch schon mal richtig geschimpft.«

»Woher weißt du das?«

»Das weiß doch jeder.«

»Wer ist jeder?«

»Alle. Warum sprichst du nicht mit dem Trainer?«

»Das ist sehr kompliziert. Du weißt ja, dass ich eigentlich nicht dein Vater sein darf. Die Kirche will das nicht.«

»Ich verstehe die Kirche nicht. Die Kirche ist scheiße.«

»Nein, Klaas. Das ist sie nicht. Eigentlich nicht. Oder sagen wir mal so: In diesem Fall ja. Es gibt da so etwas wie ein Gesetz. Das weißt du ja. Ich kämpfe dafür, dass sich das ändert. Es lohnt sich immer, für eine Sache zu kämpfen.«

»Und wenn du verlierst? Was passiert dann mit uns?«

Klaas schluchzte, warf sich ans Ufer und hämmerte mit den Händen aufs Gras. Der Kirchenmann setzte sich neben den Jungen und drückte ihn an sich.

»Der Kampf um die Wahrheit hat nicht immer etwas mit gesundem Menschenverstand zu tun. Ich muss versuchen, die Leute zu überzeugen. Ich weiß. Das dauert so schrecklich lange. Es ist so schwierig, geduldig zu sein. Das ist wie eine schwierige Prüfung. Auch Jesus hat diese Erfahrung gemacht. Bis auf ganz wenige Ausnahmen hat nämlich niemand geglaubt, dass er der Sohn Gottes ist. Auch Jesus hat für seine Sache kämpfen müssen.«

Klaas' Kopf lag in Franks Schoß, seine Augen schauten träumend auf den See.

»Aber Jesus hängt am Kreuz.«

»Das kann mir nicht passieren.«

»Bis du sicher?«

»Ja, ich bin sicher.«

»Und was ist jetzt mit Fußball?«

»Ich rede mit Paul Frei. Versprochen!«

Der Sonne nah

Paula Brandt fuhr sich mit der zierlichen Hand durch die Haare, die noch genauso seidig glänzten wie damals, als sie mit Frank im Pfarrgarten saß. Sie bat Klaas, Holz nachzulegen. Draußen hatte der Sturm weiter an Gewalt gewonnen, die Äste in den Bäumen kamen kaum noch zur Ruhe. »Heute denke ich oft, wir hätten neu beginnen sollen«, sagte Paula mit fester Stimme. »Es wäre für alle genug da gewesen, wenn ich gearbeitet hätte. Ihm wäre Zeit geblieben, ein Buch zu schreiben oder sonst was zu machen. Wir hätten in eine andere Stadt ziehen sollen; irgendwohin, wo uns niemand kennt. Wir sprachen zwar darüber, doch es fehlte uns der Mut. Besonders deinem Vater ging dieser Gedanke ab; er wollte lieber mit dem Kopf durch die Wand, es besser machen als seine Eltern. Sein Ziel schien nur daraus zu bestehen, stärker zu sein als sein Vater und gleichzeitig aufrichtiger als seine Mutter. Darüber vergaß er allerdings sich selbst und die Gegenwart.«

Paula schlug Franks Tagebuch wieder auf:

In meiner Kindheit war ich ein einziges Mal mit meinen Eltern in Urlaub. Für eine Woche ging es mit dem Zelt auf einen Campingplatz am Titisee. In dem arg in die Jahre gekommenen Käfer brauchten wir mehr als sieben Stunden, bis wir unser Ziel erreicht hatten. Wenn meine Eltern während der Fahrt miteinander sprachen, dann stritten sie. Meist ging es um Geld, und meist war es – zumindest von Mutters Seite her – äußerst laut. Wie zu Hause. Ansonsten gab es nur Schweigen.

Ich sagte nichts. Ich glaubte, es sei das Beste, sich in dieser Situation zurückzuhalten. Deshalb steckte ich meine Nase auf der glühend heißen Kunstlederrückbank zwischen Decken, Taschen und ein paar Lebensmitteln in ein Fix-und-Foxi-Heft, und versuchte mich abzulenken. Als wir endlich im Schwarzwald ankamen, war meine Mutter völlig entnervt. Sie fluchte, warf den zum Bersten gefüllten Koffer auf die Wiese, riss ihn auf, um sich ihren Kulturbeutel zu schnappen und damit in den Waschraum zu stolzieren. Mein Vater löste derweil schweigend die Schnallen vom Dachgepäckträger, auf dem sich Zelt, Luftmatratzen und Schlafsäcke befanden. Als es dann auch noch eine ganze Weile dauerte, bis die Stangen zusammengesetzt waren, kam es erneut zu einem heftigen Streit zwischen meinen Eltern, der so lautstark verlief, dass er die Aufmerksamkeit aller Zeltnachbarn erregte. Ich war heilfroh, als sich ein Mann erbarmte und mit Hand anlegte, damit wir endlich ein Dach über den Kopf bekamen.

Mir war die Sache peinlich. Besonders deshalb, weil bei dieser Gelegenheit herauskam, dass das Zelt nur geliehen war und wir uns das Geld für den Urlaub vom Mund hatten absparen müssen. Mutters Bemerkung »Was will man von einem kleinen Bürogehilfen auch schon viel erwarten?«, mochte wohl der Gipfel der Erniedrigung für meinen Vater gewesen sein, der daraufhin mindestens zwei Stunden lang schwieg, den kompletten Eklat aber ansonsten einmal mehr in sich hineinfraß.

Der erste Abend hingegen war für mich ein großes Erlebnis. Mein Vater hatte erneut unter Beweis gestellt, dass er alles andere als nachtragend war, und seine innere Rage mal wieder irgendwie verdrängt. Zusammen mit Mutter und dem hilfreichen Zeltnachbarn begoss er die Ankunft im Schwarzwald. Ich schlich zur gleichen Zeit zusammen mit zwei Jungs, die ich bereits am Nachmittag kennen gelernt hatte, über den Campingplatz, um mit der Taschenlampe in andere Zelte hineinzuleuchten und mit gezieltem Griff Heringe zu lösen.

An diesem Abend habe ich meinen Vater zum ersten und einzigen Mal betrunken gesehen. Er hatte sich ein paar Bierchen zuviel gegönnt. Während er schwankend in eine Hecke urinierte, flirtete meine Mutter, ebenfalls ordentlich angeheitert, mit dem wortgewaltigen Camper von nebenan. So wie es aussah, hatte sie einmal mehr einen Mann für alle Fälle an der Angel.

An den folgenden Tagen gab es für meine Mutter nur eines: In der Sonne liegen und sich von allen Seiten gar kochen lassen. Also verbrachte ich die meiste Zeit allein mit meinem Vater. Schwimmen war bei dem schönen Wetter natürlich ein Muss, ebenso wie Federball und Tischtennis auf der buckligen Betonplatte vor dem Sanitärgebäude. Das einzige, was Mutter außer Frühstücken, Mittag- und Abendessen mit uns zusammen unternahm, war der Besuch des Feldbergs. Da konnte sie der Sonne noch etwas näher kommen.

Abends war ich mit meinem Vater meistens allein. Wir spielten dann Monopoly, bis zu vier Stunden. Die von Mücken umschwirrte Gaskartusche auf dem Tisch spendete uns Licht, während wir uns beim Kauf von Straßen und Bahnhöfen schnell verausgabten, um zwischendurch aber immer wieder in Tausch-Verhandlungen zu treten, damit auch jeder in den Genuss kommen konnte, endlich ein Häuschen in der Elisenstraße oder auf dem Opernplatz bauen zu können. Wenn das Geld mal knapp war und ich eine Ereigniskarte mit unangenehmem Text zog, erfand mein Vater kurzerhand einen neuen, der mich im Handumdrehen um ein paar tausend Mark reicher machte. Sowieso: Mein

Vater ließ mich meistens gewinnen. Als wir gegen Mitternacht ins Zelt krochen, war Mutter noch nicht zurück. Sie hatte sich schon am frühen Abend braun gebrannt verabschiedet, um sich im Campingplatzlokal »Bei Uschi und Schorsch« ein Gläschen Wein zu genehmigen. Kurze Zeit später sahen wir dann immer unseren Zeltnachbarn freundlich grüßend in die gleiche Richtung marschieren.

Die Großbaustelle

Angesichts untypischer Aktivität am katholischen Pfarrheim St. Marien erhielten die Schönenbacher Dorfbewohner bald neuen Gesprächsstoff. Schon früh am Morgen inspizierten zwei angegraute Anzugträger mit gelben Helmen zusammen mit Frank Buschhoven gestenreich das Gebäude. Gleich mehrere Baupläne flatterten nervös im Wind, Zollstöcke wurden auf und zugeklappt, Zahlen notiert und Hände geschüttelt. Nur wenige Stunden später rüsteten Handwerker mit scheppernder Eile das Haus ein, bevor eine weitere Kolonne anrückte, um das Dach abzudecken und Fenster aus dem Gemäuer zu brechen. Wiederum andere warfen alte Teppichbeläge in einen Container und meißelten rostige Heizkörper aus den Wänden. Bauzäune wurden aufgestellt und Warnhinweise angebracht mit der Bitte an die Passanten, für die Zeit der Bauarbeiten die andere Straßenseite zu benutzen. Eine klirrende und krachende Geräuschkulisse sowie weithin sichtbare Staubwolken kündeten von der Aufnahme der Bauarbeiten am und im Pfarrheim St. Marien.

Dechant Buschhoven besuchte noch am gleichen Tag sämtliche Nachbarn, um sie wegen der noch zu erwartenden Unannehmlichkeiten um Verständnis zu bitten. Allen zeigte er die Baupläne. Dabei erläuterte der Kirchenmann den Zuhörern genau, was im Pfarrheim vor sich ging, welche Firma zur Stunde wo arbeitete und wie lange die einzelnen Projekte voraussichtlich dauern würden.

»In den nächsten drei Tagen werden zunächst die groben Sachen erledigt. Ich schätze, dass Mitte kommender Woche das Dach neu gedeckt werden kann. Drücken Sie uns die

Daumen, dass das Wetter mitspielt«, warb er im Dorf mit Blick zum Himmel um etwas Geduld und Entgegenkommen.

Schon nach einer Woche war das Gebäude nicht wieder zu erkennen. Das Areal zwischen Kirche, Pfarrhaus und Friedhof glich einer Großbaustelle.

Die Familie Geiger, Gerhard und Frei beobachteten kopfschüttelnd, ja regelrecht fassungslos das Treiben der heimischen Handwerkerschaft im Herzen der Gemeinde Schönenbach. In der Zeitung hatten alle Bürger inzwischen lesen können, dass Frank Buschhoven mit diesem Bauvorhaben sowohl Pfarr- als auch Zivilgemeinde ein richtungsweisendes Modell des dörflichen Zusammenlebens bieten wollte. In erster Linie denke er an die jungen Menschen des Ortes, die »in Ermangelung einer adäquaten Bleibe nun endlich eine verlässliche Anlaufstation erhalten« würden. Der Kreisverwaltung dankte der Priester für die ebenso rasche wie unbürokratische Genehmigung des Bauplans sowie allen Sponsoren und Kreditinstituten für die großzügige Unterstützung, schrieb das »Echo».

Das gefiel natürlich niemandem mehr als Klara Ziebig. Die alte Dame saß nun jeden Morgen bereits in aller Frühe auf der Ruhebank am Rande des Friedhofs. Von dort aus hatte sie einen exzellenten Blick auf die Baustelle. Das fleißige Werkeln der Handwerkerbetriebe aus Schönenbach und Umgebung genoss sie in vollen Zügen. Zu ihren ausgedehnten Ausflügen auf die Ruhebank brachte Klara Ziebig sogar Proviant mit. Mit einer Käsestulle und einer Tasse Kaffee aus der Thermoskanne überstand sie so das Elf-Uhr-Loch problemlos. Da sie keinen Handgriff der Arbeiter verpassen wollte, lief sie, wenn sie ein Bedürfnis hatte, mit der Handtasche unter dem Arm schnell ins Pfarrhaus, wo sie selbstverständlich gerne die Toilette benutzen durfte. Dann warf sie im Arbeitszimmer Buschhovens noch schnell einen Blick auf den Bauplan, bevor sie sich flugs zurück auf den Weg zu ihrer Baustellenbank machte. Natürlich störte es sie keineswegs, dass der Strickkreis für die Zeit des Umbaus aus verständlichen Gründen nicht stattfand. Was soll's? Stricken konnte man bei diesem herrlichen Wetter und den schönen Aussichten schließlich auch im Freien. Schon nach wenigen Tagen war denn auch der erste Winterpullover fertig. Klara Ziebig musste sich neue Wolle besorgen. Das aber erledigte sie erst nach Feierabend, wenn die Handwerker den Hammer fallen gelassen hatten. Man konnte ja schließlich etwas verpassen.

Am Marmortisch

Geschlagene drei Wochen nach dem Absenden der Anti-Buschhoven-Resolution erhielt der Dechant Post von höherer Stelle. Der Generalvikar bat ihn zu einer Unterredung. Die Aufgeregtheiten der vergangenen Tage sollten eingehend analysiert, mögliche Missverständnisse ausgeräumt werden. Mit am Tisch im bischöflichen Gemäuer würden noch der Regionaldekan und der Dompropst sitzen, hieß es in dem Schreiben. Zur Protokollführung sei der Leitende Ordinariatsrat eingeteilt. »Au weia. Die Crème de la Crème!«, dachte Frank Buschhoven.

Also machte er sich auf den Weg in die Domstadt. Im Vorzimmer des Generalvikars bat ihn ein Sekretär, noch einen Moment zu warten. »Der Herr Generalvikar ruft sie gleich hinein.«

Nach knapp einer halben Stunde, die der aufmüpfige Gebietspfarrer mit der Lektüre des regionalen Bistumsblatts überbrückte, wurde er ins Dienstzimmer des Generalvikars gebeten. An einem runden Marmortisch saßen bereits die anderen Gesprächspartner. Der Vikar erhob sich von seinem Schreibtischstuhl und kam hinzu.

»Nehmen Sie Platz, Herr Pfarrer«, befahl er und ging gleich in medias res:

»Nun, Herr Buschhoven. Wir sind etwas befremdet wegen der Vorgänge in Ihrer Pfarrei. Selbstverständlich liegen uns die Presseberichte der vergangenen Tage vor. Ich muss Ihnen also nicht lange erläutern, worum es geht.«

Frank Buschhoven wollte sich aufrichten: »Ich möchte Ihnen gerne erklären ...«

»Im Moment erkläre nur ich«, stoppte ihn der Generalvikar. »In dem Brief des Pfarrgemeinderats und der katholischen Frauengemeinschaft werden gegen Sie ungeheuerliche Vorwürfe erhoben. Da ist nicht nur die Rede davon, dass Sie mit ihrer Haushälterin ein gemeinsames Kind haben sollen, sondern dass Sie ganz offenkundig auch den Zölibat öffentlich in Frage stellen. Hinzu kommt Ihre Predigt, in der sie nachgewiesenermaßen Ihre komplette Pfarrei als Heuchler und Mobber darstellten. Wir haben hier also über drei Dinge zu reden. Erstens: Sind Sie der Vater dieses Kindes? Zweitens: Wie und was kann ein Dechant in der Öffentlichkeit äußern und was nicht? Und drittens: Wie stark ist Ihr Ruf inzwischen in der Öffentlichkeit und im Kollegenkreis beschädigt? Also, Herr Kollege, fangen wir einmal an! Sind Sie der Vater des Kindes, das zusammen mit Ihnen und Ihrer Haushälterin im Pfarrhaus lebt?«

Buschhoven dachte nicht lange nach. Doch die vier oder fünf Sekunden, die er sich dazu Zeit nahm, erschienen ihm wie eine Ewigkeit. Schon während des Gesprächseinstiegs des Generalvikars brach er innerlich fast ein. Der harte Ton und die entschlossene Haltung seines Vorgesetzten ließen nur wenige Vorgehensweisen zu: Rückzug und Schadensbegrenzung, dabei trotzdem offen und ehrlich sein. Oder vielleicht doch lieber taktisch vorgehen?

Buschhoven musste schlucken, sein Hals zog sich zu. Er hustete sich schleppend frei. Alle Ereignisse der vergangenen Wochen, Monate und Jahre schienen noch einmal in ihm vorüberzurasen. Frank Buschhoven starrte auf den Marmortisch, die feuchten Innenflächen seiner Hände trocknete er mit weit abgespreizten Fingern an der Hose. Nun musste er heraus mit der Sprache, das klerikale Tribunal ließ ihm keine andere Wahl.

Die wahren Schweißausbrüche des Lebens bekommt man nicht etwa während aufopferungsvoller körperlicher Betätigung oder weil man sich wegen irgendeiner Kleinigkeit erschreckt hat. Vielmehr schlägt einem dann und wann das Büßerstündchen, wenn man bei einer wie auch immer gearteten »Untat« erwischt wird. Meist handelt es sich dabei um ein selbst herbeigeführtes Ereignis, das man in seiner Tragweite – normalerweise aufgrund jugendlichen Leichtsinns – nicht so recht einzuordnen imstande war. Das sind die Momente oder Tage, an denen das sogenannte schlechte Gewissen die Oberhand über alle Gehirnströme gewinnt und den vermeintlichen Sünder permanent wie penetrant davon abhält, auch nur noch einen einzigen klaren Gedanken zu fassen.

Als Frank einmal mit seinem ostfriesischen Studienkollegen Alf Harms auf Kneipentour war, ließen sie die Sau so richtig raus. Etliche Wochen zuvor hatten sie sich tief in ihre Bücher hinein bohren müssen, um Klausuren vorzubereiten. Die Zeit war also mal wieder reif für ein paar profane Eskapaden. »Heute gehen wir auf Derby«, befahl Alf, wodurch Frank schon im Ansatz klar war, was in etwa auf ihn zukommen sollte. Denn immer, wenn Alf »Derby« sagte, hatte er sich eine Sause vorgenommen, bei der keine Wirtschaft vor ihnen sicher sein sollte und die normalerweise auch nur ein Bier und Köm erprobtes Nordlicht auszuhalten imstande war. Frank kannte den Begriff »Derby« bis dahin nur von Pferderennen und Fußballspielen. Zu Hause auf dem Sportplatz gab es jedenfalls in regelmäßigen Abständen Lokal-Derbys. Das war, wenn zwei benachbarte Vereine in der Kreisliga sonntags gegeneinander antraten, so viele Zuschauer kamen wie sonst nie und Knochenbrüche, kaputte Biergläser und Raufereien das Gros des Eintrittspreises ausmachten. »Siehst du«, sagte Alf, »auch wir haben unser

Lokal-Derby. Nur, dass wir uns nicht schlagen und Knochenbrüche so gut wie ausgeschlossen sind. Wir gehen sogar in mehrere Lokale, die nicht weit voneinander entfernt liegen. Und flotte Pferdchen sieht man auch. Mann gönnt sich ja sonst nichts«, frotzelte Alf in unnachahmlicher Manier.

In der vierten Gaststätte angelangt, hatten die beiden bereits einen Alkoholpegel, den Alf als »hochachtungsvoll« zu bezeichnen pflegte. Da auch Frank zwischenzeitlich eine körperliche Verfassung erreicht hatte, die ihn dazu zwang, nach fast jedem größeren Schluck Bier die Blase zu entleeren, musste er sich – mehr sachlich als nüchtern – eingestehen, dass es an diesem Abend nur noch zwei Möglichkeiten gab: entweder nach Hause gehen und morgen den dicken Kopf pflegen oder weiterzechen und am nächsten Tag den Schädel gleich pfundweise mit Aspirin behandeln mit der Folge, nicht mehr zu wissen, wie das »Derby« eigentlich zu Ende gegangen war. Dass ausgerechnet Frank es war, der den Vorschlag unterbreitete, noch mal eben so zur Abrundung des Abends eine einschlägig bekannte Bar aufzusuchen, sollte ihm in den nächsten Tagen gleichwohl schwer zu schaffen machen. Ein Brummschädel wäre ihm jedenfalls lieber gewesen.

In der Sansi-Bar ließen Alf, der gleich Feuer und Flamme war, und Frank die Puppen jedenfalls ordentlich tanzen. Im Klartext: Die Herren Priesterseminaristen in spe schnappten sich beide eine dralle Blondine und zogen sich nach ein paar Pikkolo mit ihnen in die obere Etage zurück.

Wegen dieser Lebenserfahrung hätte Frank sich normalerweise nur vordergründig ein schlechtes Gewissen zugestanden. Doch als Alf und er zwei Tage später wegen dieser Sache zu ihrem Professor zitiert wurden, bekam der junge Buschhoven feuchte Hände. Irgendein Kommilitone hatte sie offenbar beim Verlassen des Hauses mit der grellen Leuchtreklame gesehen und das Wasser nicht halten können. Dass der präpastorale Fauxpas ein gutes Ende nahm, verdankten Frank und Alf der Toleranz ihres Profs, der sie lediglich in aller Form daran erinnerte, dass sie sich doch wohl sicherlich nicht nur pro forma für das in wenigen Monaten beginnende Priesterseminar angemeldet hätten.

»Ja. Ich bin der Vater«, antwortete Frank Buschhoven. »Ich habe versucht, das geheim zu halten. Als Frau Brandt schwanger wurde, suchten wir verzweifelt eine Lösung. Schließlich liebten wir uns und wollten – und wir möchten das auch heute noch – zusammen sein. Also, die Sache mit dem Pfarrbrief, also dass es einen anderen Vater gebe, war ... unwahr. Ich hätte alles ertragen, nur nicht die Trennung von meiner Haushälterin«, stammelte Frank Buschhoven.

Nun schaltete sich der Regionaldekan ein: »Sie wissen, dass Sie ihre Pfarrgemeinde belogen und getäuscht haben? Warum sind Sie nicht zu mir gekommen? Immerhin sind Sie sogar mein Stellvertreter. Wir hätten über alles reden können. Jetzt sitzen Sie da mit diesem Vorwurf. Sie haben also auch uns, Ihre vertrauten Vorgesetzten, belogen.«

Frank Buschhoven bemühte nun doch sein Kämpferherz: »Aber wie komme ich aus der Sache heraus? Ich betone noch einmal: Ich könnte alles ertragen, aber nicht die Trennung von Frau Brandt und meinem Sohn. Wenn Sie mich von diesen beiden Menschen, die ich über alles liebe, trennen, werde ich einen Aufstand machen!«

Das ging dem Generalvikar zu weit: »Moment, Moment, Herr Pfarrer. Bleiben Sie auf dem Boden der Tatsachen. Und überschätzen Sie sich nicht! Den Aufstand haben Sie ja schon längst gemacht, und zwar mit nachhaltiger Wirkung. Sie sind hier, um Fragen zu beantworten und nicht, um uns den Krieg zu erklären. Erklären Sie uns doch lieber, wie Sie dazu kommen, in der Öffentlichkeit davon zu sprechen, den Zölibat abschaffen zu wollen und damit obendrein den Heiligen Vater noch in Misskredit zu bringen. Ist das Ihre Mission?«

»Natürlich nicht. In erster Linie habe ich andere Aufgaben. Und ich denke, dass ich die zur Zufriedenheit aller, damit meine ich nicht nur alle Gemeindeglieder, sondern auch Sie, ausübe.«

»Kommen sie endlich zur Sache«, schoss nun auch der Domprobst scharf.

»Sie müssen wissen, dass ich sehr erregt war. Das, was in meiner Gemeinde mit mir und meinen Lieben passierte, war nichts anderes als brutales Mobbing. Das ist einfach so. Ich weiß nicht, ob Sie den Vorfall vom Sportplatz kennen ...«

Domprobst: »Wir wissen alles!«

»Sehen Sie. Da kann man sich schon mal vergessen. Die Sache mit dem Papst. Nun, ja. Sie wissen genau wie ich ... und ich weiß auch, dass Sie da im Grundsatz meine Meinung teilen. Was entspricht da noch dem Zeitgeist?«

Den Generalvikar hielt es nun nicht mehr auf dem Stuhl: »Aber was, verdammt noch mal, hat das in der Öffentlichkeit zu suchen? Sie proklamieren die innere Erneuerung der Kirche über die Presse. Da gibt es Gremien. Und da gibt es ganz bestimmte Regeln. Und an die haben auch Sie sich zu halten. Bedenken Sie, Herr Pastor Buschhoven. Sie sind ein kleines Licht, ein ganz kleines. Das strahlt nicht bis in den Vatikan hinein. Reden Sie sich nichts ein!«

Der Domprobst, immer noch in schärfster Tonlage, legte nach: »Und dann sollten Sie sich im Klaren darüber sein, dass Sie ihre Mitpriester und Dechantenkollegen in arge Bedrängnis gebracht haben. Nicht jeder teilt Ihre These von der Abschaffung des Zölibats. Wenn das so einfach wäre. Die Kirche schafft den Zölibat ab, und schon stehen die jungen

Männer Schlange und wollen kopfüber zum Priester geweiht werden. Sie sind ein Träumer. Ein Tagträumer.«

»Man muss da differenzieren«, verteidigte sich Frank Buschhoven. »Ganz so, wie es in der Zeitung stand, habe ich es nicht gesagt. Meine Äußerungen sind zumindest teilweise falsch verstanden worden. Selbstverständlich stehe ich nach wie vor zum Zölibat. Aber es sollte eine gewisse Freiwilligkeit eingeräumt werden ...«

»... von der Sie ja bereits hinreichend Gebrauch gemacht haben«, spottete der Domprobst.

Der Generalvikar hatte inzwischen wieder Platz genommen und breitete die Arme aus: »Also machen wir es kurz. In den nächsten Tagen wird es eine öffentliche Stellungnahme der Dechanten-Konferenz geben. Die wird für Sie nicht gerade positiv ausfallen. Der Bischof wünscht, dass Sie über Ihren Rücktritt vom Dechantenamt nachdenken. Dann bleibt zunächst – vorausgesetzt, Sie machen Ihre Arbeit ordentlich und gehen mit Ihren Thesen nicht mehr an die Öffentlichkeit – alles wie bisher.«

»Ich kann also davon ausgehen, dass im Pfarrhaus alles so bleibt, wie es ist?«

»Unter den von mir genannten Voraussetzungen!«

»Nun gut. Ich hänge keineswegs an diesem Kirchenamt. Titel bedeuten mir nichts. Ich stimme der Entpflichtung zu.«

Durchgeschüttelt, abgekämpft. Verloren? Oder war es ein Teilerfolg, mit dem man leben konnte? Wenn ja, wie lange war die Frist, die sie ihm gewährten? Die aus dem Generalvikariat, und die Handvoll Gegner in Schönenbach. In der Stube ließ sich Frank Buschhoven in den Lese-Sessel fallen. Paula hockte neben ihm auf der Lehne, legte den Arm um ihn. Schweigen. Lautlos sank der Pfarrer immer tiefer ins

Polster. Atmete er noch oder dachte er nur? Über Chancen und Träume, Siege und Niederlagen. Über den langen Atem, von dessen Strecke nur noch Segmente vorhanden waren – angegriffen, angeschossen, verwundet. Ein Torso, kein Anfang und kein Ende? Tränen liefen über sein Gesicht. Auch Paula fing zu weinen an. Dann wieder Schweigen, das nur vom Ticken der Uhr gebrochen wurde. Durch den Türspalt schaute Klaas ins hohle Zimmer. Er war blass, schaute fragend, versuchte Gesprächsfetzen aufzuschnappen. Vergeblich. Was war da los? Was wollte der Bischof? Mag der keine Kinder? Muss ich weg? Dabei war doch immer von Gemeinschaft die Rede, in der Kirche, in der Schule und überall. Seit Wochen ging das jetzt schon so. Keine Zeit mehr. Frank trank wieder Wein, schaute so komisch aus den Augen. Gute-Nacht-Geschichten gab es auch keine mehr, auch immer seltener von der Mutter. Nur noch Streit und Ärger. Jetzt weinten sie wieder. Klaas schlich zurück ins Bett.

»Es kommt nun wieder eine schwierige Zeit auf uns zu. Wir müssen stark sein«, seufzte Frank Buschhoven.

»Die Zeit war schon immer schwierig. Das ist nicht neu.«

»Trotzdem, es hätte noch schlimmer kommen können.«

Frank Buschhoven wollte an diesem Abend allein sein. Schlafen konnte er nicht. Sein Körper war zwar müde, die Augen dösten, doch sein Hirn fuhr Achterbahn. Ihm war speiübel. Der Priester ging in die Kirche und nahm schwankend im Mittelschiff Platz. Ob er gebetet oder was er genau getan hatte, wusste er am anderen Morgen nicht mehr so recht. Ja, nachgedacht hatte er, natürlich. Über seine Rolle als Seelsorger und über die als Vertrauter, Vater und Mann. Wie es sich denn vereinbaren ließe, alle Rollen so auszufüllen, wie es ihm behagte, wie es richtig sei, hatte er sich gefragt, und was dieser Krieg für einen Sinn machte. Immer wieder anrennen gegen Wände, die dastehen wie Ungetüme aus Beton und Eisen, unüberwindbar und verletzend. Vielleicht hatte er doch den falschen Weg eingeschlagen. War er vom evangelischen Freund etwa auf die falsche Fährte geführt worden? Postpubertäres Gesäusel. War es nur das, was ihm die Sinne verwirrt hatte, als er sich dafür entschied, Theologe zu werden? All die Literatur philosophischen Ursprungs. Hätte er sich damals in der Buchhandlung nicht besser etwas anderes ausgesucht? Existenzialismus, Idealismus und Dogmatismus. Und der Übermensch, den Nietzsche als den Idealmenschen definierte und der angeblich imstande sein soll, das Leben heroisch zu ertragen und kraftvoll zu bejahen. Ja, an dieser Grenze befand er sich nun wohl. Übermensch, Durchschnitt oder Versager, das war die Frage. Doch welche Existenzberechtigung hatte ein Übermensch, wenn sein Geist nicht bereit sein durfte, seine Schwächen auszuleben? Wem gab das Leben schon das Recht, ein Held zu sein? Mit all seinem Idealismus aus früher Jugend hatte ihn das Leben auf einer Welle getragen und auf eine andere Seite geschoben, auf die des Klerikalismus, jene militante Art des Katholizismus mit totalitärem Anspruch und dem Anspruch darauf, das öffentliche wie private Leben gänzlich in Beschlag zu nehmen. War das seine Welt? Das richtige Leben? Nein. Er war von der Welle geschluckt worden wie ein Krümel Brot im tobenden Ozean.

Und die Schmetterlinge? Wo waren die? Die umkreisten ihn noch immer und ließen ihn auch nicht los. Er sah sie nur nicht mehr so klar, so deutlich in ihren Farben, so wundervoll taumelnd, so lautlos und friedlich. Alles nur ein Traum, wie im Film. Ach wäre es nur ein Film. Dann aufwachen, und alles nur geträumt.

Dass er gefroren hatte, fiel ihm am anderen Morgen wieder ein, ebenso, dass er eine Flasche Weinbrand – so wie es aussah – bis auf den letzten Schluck geleert hatte.

Die öffentliche Meinung

Natürlich hatte die Presse erfahren, was Sache ist. Unübersehbar die Aufmachung auf der Titelseite:

Dechant gibt auf
Bischof entpflichtet Kirchen-Rebellen Frank Buschhoven

Ein ausführlicher Artikel befasste sich mit dem »Fall Buschhoven». Für diesen Bericht musste Tim Fischer sich allerdings gehörig ins Zeug legen. Weder seitens des Bistums noch von irgendeiner anderen Stelle gab es eine offizielle Erklärung. Erst nach wiederholter Anfrage im bischöflichen Pressereferat hieß die förmliche Verlautbarung: »Pastor Buschhoven ist von seinem Amt als Dechant freiwillig zurückgetreten.« Der Bischof habe dem Ersuchen zugestimmt und Buschhoven entpflichtet. Eine Begründung gab es nicht.

Also stützte sich Fischer zunächst auf eine Vermutung. Danach ging er von einem »Priester-Putsch« aus. Diesen sollten als besonders konservativ geltende Pastore und Dechanten gegen ihren Kollegen gestartet haben. Der Journalist hatte nämlich erfahren, dass eine von Frank Buschhoven für die kommende Woche initiierte Jugendmesse abgesagt worden sei. Dieser Gottesdienst hatte in Konzelebration mit acht weiteren Priestern stattfinden sollen. Bis auf zwei jüngere Kollegen hatten alle anderen über den Regionaldekan zu verstehen gegeben, dass sie zu einem gemeinsamen Gottesdienst mit Frank Buschhoven nicht mehr bereit seien. Tim Fischer sollte Recht behalten.

Frank Buschhoven hatte sich vorgenommen, nun Dienst nach Vorschrift zu machen. Deshalb wehrte er alle Anfragen der örtlichen Presse ab. Natürlich interessierten sich auch Fernsehen und Hörfunk für ihn. Doch Buschhoven blieb hart. Allen Interviewwünschen widersetzte er sich beharrlich, Drehgenehmigungen gab es schon gar nicht. Was er gleichwohl nicht verhindern konnte, war eine wahre Leserbriefflut im »Echo«.

Tim Fischer erhielt für seine Arbeit nicht nur Anerkennung. Eine Gruppe junger Kleriker aus Bayern meldete sich zu Wort und bezichtigte ihn der arglistigen Beseitigung kirchlicher Normen und Werte. Man könne es sich nicht erklären, warum in den »Echo«-Berichten und Kommentaren immerzu mit Halbwahrheiten und Lügen gearbeitet werde. Frank Buschhoven sei aus freien Stücken vom Dechanten-Amt zurückgetreten, während in der Zeitung von Degradierung und Entpflichtung die Rede sei. »Warum sagt man hier mit Absicht und gezielt die Unwahrheit«, fragten die Geistlichen. Sie hätten den Eindruck, dass der Fall Buschhoven nur dazu benutzt werde, um einen lange angestauten Kirchenfrust loszuwerden, was in schäbiger und primitiver Weise geschehe. Ein katholischer Geistlicher, der den Zölibat in Frage stelle, sei für die Kirche schlicht untragbar, ganz zu schweigen von der harschen Kritik an Rom. Es sei im Grunde nichts dagegen einzuwenden, dass man die Kirche kritisiere. »Es ist nur störend, wenn diese Kritik unsachlich, theologisch unqualifiziert und unwissend ist.« Außerdem stellten die Kleriker klar, dass sich die Kritiker nicht im geringsten um die wirkliche Verfassung der Kirche bemühten, sondern immerzu nur billige Kneipenargumente aufheizten und sich in verbale Ausrutscher verstiegen. Redakteur Fischer warfen die Autoren vor, Tatsachen bewusst zu verfälschen – mit dem Ziel der einseitigen Manipulation.

Nichts hasste sie so sehr, wie im Blickpunkt der Öffentlichkeit zu stehen. Aber als diese Leser-Zuschrift erschien, gab es für Klara Ziebig kein Halten mehr. Auf der Stelle bemühte sie ihre alte Schreibmaschine und haute ihrerseits heftig in die Tasten. Vorher musste sie das klobige Gerät vom Spitzboden holen und gründlich reinigen. Denn ihr »Ludwig-Erhard-Computer«, wie Klara die Maschine nannte, war in die Jahre gekommen. Kein Wunder, dass die meisten Tasten kurz vor dem Anschlag hängen blieben, die Walze sich nicht mehr so präzise drehte wie noch vor 20 Jahren und der Umschaltbügel quietschte wie ein nasser Keilriemen.

Im Schreibwarenladen besorgte sich Klara noch qualitätsgeprüftes DIN-A4-Schreibmaschinenpapier; holzfrei, versteht sich, außerdem gleich hundert Blatt. Man konnte ja nicht wissen, was noch alles kommt und worauf man irgendwann erneut spontan reagieren musste. Mit Kohledurchschlag an Pastor Frank Buschhoven machte sich die alte Dame daran, den ersten Leserbrief ihres Lebens zu schreiben.

Auf das äußere Umfeld legte Klara dabei keinen gesteigerten Wert. Die Schreibmaschine platzierte sie kurzerhand auf dem Küchentisch. Nicht einen einzigen Gedanken hatte sie daran verschwendet, diesen vorher abzuräumen. Marmeladenglas, Frühstücksbrett mit Messer und Keramikeierbecher darauf sowie die noch bis zur Hälfte gefüllte Kaffeetasse schob sie ohne große Umschweife zur Seite. Über die Butterdose stülpte sie nur noch eben den Plastikdeckel, das Kännchen mit der Kondensmilch stellte sie an den Rand des Tisches. Als hätte sie gestern noch auf der Kreisverwaltung eine hundertseitige Rede für den Landrat getippt, flogen ihre Finger mit der Virtuosität einer jungen Pianistin über die Tasten. Ob der Schwere des alternden Schreibgeräts vibrierte der Küchentisch gleichwohl bedrohlich, so dass die

Brotkrümel auf der Tischdecke hüpften wie Flöhe und die Kaffeeneige bis zum Tassenrand hinauf schwappte. Als das geschah, war Klara Ziebig gerade an der Stelle, wo sie den klerikalen Nachwuchs – zumindest Teile davon – »in seinen Denkweisen veraltet und unbeweglich« nannte. »War einer von Ihnen bei dem ominösen Gespräch im Generalvikariat dabei, als man Pastor Frank Buschhoven durch die Mangel drehte?«, fragte Klara, kratzte sich an der in Falten gelegten Stirn, um gleich danach wieder Schwung zu nehmen. »Was ist es denn anderes als eine Degradierung, wenn Worte fallen wie ›Der Bischof wünscht, dass Sie über Ihren Rücktritt vom Dechantenamt nachdenken‹? Halten Sie, meine Herren, das etwa für frei erfunden, und sehen Sie darin gar die gezielte Verbreitung einer Unwahrheit? Kaum jemand kann, wenn er es mit der Wahrheit ernst meint, Ihre Argumente nachvollziehen. Da frage ich mich: Wie sollen wir unseren Kindern eine Kirche liebenswert machen, in der Predigen und menschliches Handeln zweierlei Dinge sind?«

Klara unterbrach sich für eine kleine Denkpause. Sie starrte aufs Papier. Mit einem Mal schob sie ihren Stuhl nach hinten, und zwar so schwungvoll, dass der darunter liegende Teppich fast bis gegen die Wand rutschte. Neben dem mannshohen Kühlschrank angekommen, öffnete sie das Küchenfenster, holte einmal tief Luft, ging zurück zum Tisch, um wieder Platz zu nehmen und die Maschine, die inzwischen quer stand, gerade zu rücken und gleich fortzufahren im Text: »Unser Pastor hat mit Sicherheit keinen zölibatär lebenden Amtsbruder in Frage stellen wollen. Doch unterstellt man ihm mit dieser Formulierung nicht schon, selbst nicht zölibatär zu leben? Ist das christlich? Mir fallen dazu spontan etliche Bibelstellen ein, die Jesus selbst vielleicht dazu sagen würde. Aber die will ich Ihnen an dieser Stelle ersparen. Aber wenn ich mal fragen darf: Wer legt seine Worte schon auf die Goldwaage, wenn Gefühle überschäumen? Tun Sie es, oder sind Sie völlig emotionslos, meine Herren?«

Beim Schreiben dieses Satzes hatte Klara Ziebig so heftig auf die Schreibmaschine eingedroschen, dass das Messer vom Frühstücksbrett rutschte und krachend auf die Fliesen fiel. Mit bösem Blick, der nicht nur Textinhalt und Adressaten galt, schaute sie zu Boden. »Brauchs net stifte ze gehe, dir tu isch nix, blöd Dinge!«, schimpfte Klara, die nun voll in ihrem Element war. Trotzdem hatte das Hinunterfallen des Messers Klara den Rhythmus geraubt, was sie noch mehr in Rage brachte. Sie stand wieder auf, schloss das Fenster, griff nach dem Messer und warf es in hohem Bogen in die Spüle: »Du dumm Dinge, bis sowieso stumpisch. Ob ich dich heut noch spül, muss isch mer noch schwer überleje!«, grantelte sie. Doch als Klara wieder auf ihrem Stuhl saß und das Schreibgerät zum zweiten Mal gerade gerückt hatte, fand sie den roten Faden schnell wieder:

»Warum unterstellen Sie eigentlich der Presse Verfälschung der Tatsachen und einseitige Manipulation? Ist Ihr kirchliches Selbstverständnis so schwach, dass Sie – wohl gemerkt aus der Ferne – gleich Verrat wittern? Ich bin übrigens nicht von der Presse, aber ich weiß die Vorzüge der freien Meinungsäußerung zu schätzen. Ein demokratisches Gut, das Sie mit ihrer widerlichen Stellungnahme untergraben wollen.«

»So, meine Herren, das war's!« Mit einem Zug riss Klara Ziebig Blätter und Kohlepapier aus der Walze, unterschrieb zwischen Kaffeetasse und Eierbecher, der inzwischen kurz davor war, dem Messer zu folgen, und tütete den Brief ein.

Ein banger Blick ging zur Uhr: »Gott ne! Zehn Uhr. Isch hatt schoh vor zwei Stunde op der Baustell sei wolle.« Klara visierte den Brief an, presste die Lippen aufeinander und kniff die Augen zu: »Nur wege euch komm isch heut ze spät!«, zischte sie.

Trotz Klaras und etlicher anderer Pro-Buschhoven-Leserbriefe schlug Redakteur Tim Fischer an vielen Stellen Hass entgegen. Nicht, dass die Chefredaktion nicht hinter ihm gestanden hätte. Ganz im Gegenteil: Er erntete Schulterklopfen auf allen Fluren des Verlagshauses. Doch an der Basis wehte ihm dennoch vielerorts ein eisiger Wind entgegen. Von denen, die seiner Meinung waren, bekannten sich nur wenige offen zu ihm. Und jene, die er im Freundeskreis als »militante Katholiken« zu bezeichnen pflegte, beschimpften ihn entweder übel, schickten rüde Briefe an die Chefredaktion oder wechselten einfach die Straßenseite, wenn er ihnen begegnete. Selbst um seine junge Frau machten etliche Christen einen großen Bogen.

Die allgemeine Verunglimpfung gipfelte darin, dass nach ein paar Tagen eine Zeitungsseite mit einem von Fischer verfassten Pro-Buschhoven-Artikel fein säuberlich gefaltet aber übel riechend im Redaktionsbriefkasten landete. Der Leser hatte sich an dem Druckerzeugnis nach dem morgendlichen Stuhlgang ganz offensichtlich das Gesäß abgewischt.

Wenige Tage später trat Tim Fischer aus der katholischen Kirche aus. »Ich glaube immer noch an einen Gott. Ich werde auch weiter mit meinen Kindern beten. Aber wenn ich einen Glauben aufgegeben habe, dann ist es der an einen Kirchenapparat, der die frohe Botschaft verkündet, aber nicht bereit ist, sie zu leben«, erklärte er Frank Buschhoven im privaten Gespräch und ergänzte: »Ich möchte nach wie vor in die

Kirche gehen und die heilige Kommunion empfangen. Darf ich das?«

»Solange ich Pfarrer in diesem Ort bin, dürfen Sie, Herr Fischer!«

Geistiger Beistand und Aufmunterung haben noch nie etwas geschadet, dachte Frank Buschhoven. Er wollte reden, um Lasten abzuwerfen. Er war auf der Suche nach einem Menschen, der in der Lage war, ihm Mut zuzusprechen, vielleicht sogar seine Meinung mit ihm teilte.

Alfred Gockel und Frank Buschhoven saßen im Pfarrgarten auf der »Dechanten-Bank«. Paula servierte Kaffee und Kuchen. Wortlos. Ihre Hände zitterten. An Alfred Gockel schaute sie vorbei. Klaas spielte auf der Wiese. Hin und wieder musste Frank ihn zur Ordnung rufen, weil er mit seiner Steinschleuder auf die Marien-Statue zielte. Nachdem die Schüsse das Ziel drei Mal erreicht hatten, zerrte Paula das plärrende Kind ins Pfarrhaus.

»Lebhafter Junge!«, kommentierte Alfred Gockel das Geschehen.

»Kann man wohl sagen«, entgegnete Buschhoven. »Auch er macht gerade eine schwere Zeit durch.«

»Das kann ich mir wohl vorstellen. Wie hältst du das aus?«, fragte Gockel.

»Ich weiß es nicht. Eigentlich gar nicht. Mein Kopf wird nicht mehr frei. Ich muss dir ja nicht erzählen, dass auch Paula unter den Umständen leidet. Die Lebensqualität schwindet. Jeder Schritt ist schwer. Den ganzen Tag verbringe ich mit dem Gefühl, eine Bleiweste zu tragen.«

»Man sieht es. Man sieht es euch beiden an. Was tust du dagegen?«

»Ich versuche zu lesen. Aber nach ein paar Seiten stelle ich fest, dass ich nicht mehr weiß, worum es in dem Buch geht.

Oder ich sehe mir einen Film an. Das Gleiche. Die Konzentration ist schon nach wenigen Minuten hin. Schlafen kann ich auch kaum noch. Keine Nacht, in der ich nicht aufwache und mehrere Stunden wach liege.«

»Hm.« Alfred Gockel nahm tief Luft, schlug die Beine übereinander und schlürfte am Kaffee.

»Was soll ich tun, Alfred? Das alles aufgeben? Die Pfarrei, Paula, den Jungen?«

Buschhoven holte einen Flachmann aus der Westentasche und nahm einen kräftigen Schluck.

»Du musst zum Arzt. Du musst zu einem vernünftigen Psychotherapeuten. Sonst gehst du vor die Hunde. Du musst wieder in die Lage kommen, deine Gedanken ordnen zu können. So geht das nicht weiter.«

»Ich halte den Druck nicht mehr aus. Ich merke, dass ich Angst habe. Ich prüfe jeden Blick, selbst von Kindern. In der Schule tanzen sie mir schon auf dem Kopf herum. Ich hab's nicht mehr im Griff.«

»Hast du schon einmal über eine Versetzung nachgedacht?«

»Ja, aber ich kann mich nicht trennen von hier, dafür waren die ersten Jahre zu schön. Ja, sie waren sogar traumhaft. Paula will eigentlich auch nicht weg. Ach, was. Ich weiß es gar nicht so genau. Wann haben Paula und ich zuletzt geredet?! Keine Ahnung!«

»Sei froh, dass du sie hast. Du darfst jetzt nicht auch noch ihr Vertrauen verlieren. Ich glaube, nur sie kann dir helfen. Sprich mit ihr über eine Therapie. Vielleicht könnt ihr auch etwas gemeinsam machen. Frank, befolge meinen Rat. Du brauchst jetzt professionellen Beistand. Gehe zum Kollegen Markus Reider.«

»Wer ist das?«

»Markus Reider ist Pfarrer. Und ein hervorragender Psychotherapeut.«

Während Alfred Gockel den Pfarrgarten verließ, gönnte sich Frank Buschhoven noch einen Schluck. Die leere Flasche warf er in die Hecke.

Frank Buschhoven stellte sich das Treffen mit Markus Reider vor. Vielleicht könnte er mit ihm im Beichtstuhl sitzen oder in seinem Arbeitszimmer. Womöglich wäre es aber wirkungsvoller, seine Praxis aufzusuchen, um besser entspannen zu können. Sicher musste man ungestört sein und gleich mehrere Sitzungen abhalten. Zehn oder zwanzig Stück. Der Behandlungsfortschritt wäre da wohl entscheidend. Reider würde ihm zuhören. Das wäre sicher. Immerhin hätte er eine spannende Geschichte zu erzählen. Und das würde dauern. Mit zwanzig Mal wäre es da wohl nicht getan. Aber ob der ihm wirklich helfen könnte? Verlorene Zeit?

Dass Paula eingeschnappt war, weil er sich mit Alfred Gockel getroffen hatte, ärgerte Buschhoven. »Dem traue ich nicht, der spielt ein falsches Spiel. Und bei dem suchst du Rat«, warf sie ihm vor. »Manchmal glaube ich, du bist nicht mehr richtig bei Verstand. Würdest besser das Saufen lassen.«

»Ich werde diese Phase überstehen. Ich balanciere das aus. Einen Seelendoktor brauche ich nicht. Gott wird mir helfen.«

Die Sanierung des Pfarrheims schritt unterdessen zügig voran. Die Handwerker machten einen soliden Job, das Dach war schon gedeckt, und auch die Heizungsbauer waren bereits bei der Arbeit. Über einen Aufruf im Pfarrbrief war es zudem gelungen, etliche Jugendliche des Dorfs für das Projekt zu begeistern. Einmal in der Woche sowie den ganzen Samstag über rückte eine Gruppe zwischen fünf und acht

Mädchen und Jungen im Alter von 14 bis 17 Jahren an, um mit Hand anzulegen. Da wurde der Keller entrümpelt, da wurden Schlitze geklopft, Fugen verdichtet und da standen Handlangerarbeiten jedweder Art an. Die jungen Leute gingen hoch motiviert zur Sache. Dies nicht zuletzt deshalb, weil ihr Pfarrer ihnen größtes Mitspracherecht bei der Gestaltung des neuen Jugendraums zugesagt hatte. Und sie waren offenbar stolz auf ihren Pfarrer. Sie bewunderten den Mut des Theologen, seine tapfere Haltung nach der Entpflichtung als Dechant und die Art und Weise, wie er selbst mit anpackte auf der »Baustelle des Jahres». Im Übrigen empfanden die Jugendlichen große Sympathie für die Lebensform des Pfarrers. »Der Typ ist echt geil«, hörte Frank Buschhoven einmal einen jungen Mann sagen. »Der bringt's voll«, bekam er von einem Mädchen zur Antwort. »Dem helfe ich gerne; da können meine Alten zu Hause noch so oft herumtoben!« Balsam auf die Wunden des Schönenbacher Kirchenrebellen.

Die Sonderkollekten zur Restfinanzierung der Sanierung liefen inzwischen weniger Erfolg versprechend. Zwar waren in den vergangenen Wochen schon ein paar tausend Mark zusammen gekommen, aber das reichte noch nicht. Buschhoven entschloss sich deshalb, einen Vorstoß im Gemeinderat zu unternehmen. Vielleicht war es möglich, einen kommunalen Zuschuss zu erwirken, hoffte er. Aus diesem Grund sprach er beim Bürgermeister vor mit der Bitte, die Sache vielleicht doch einmal im Rat zur Sprache zu bringen. Bürgermeister Ferdinand Simon versprach eine wohlwollende Prüfung. »Ich bringe die Sache im Gemeinderat vor«, stellte er in Aussicht. »Immerhin profitiert unsere Jugend von dem Projekt nicht unerheblich. An mir soll es jedenfalls nicht liegen. Kopf hoch, Herr Pfarrer!«

Visionen

Draußen verabschiedete sich der Tag. Paula Brandt bat ihren Sohn, das Licht anzuschalten.

»Warum ist Vater eigentlich Pastor geworden? Er hätte doch irgendetwas anderes machen können«, fragte er seine Mutter, die zur Uhr schaute und Franks Tagebuch neben sich aufs Sofa legte.

»Hätte, wenn und aber gilt nicht, mein Junge«, entgegnete Paula. Der Einstieg in seinen Beruf war wie eine Flucht. Er träumte von einer besseren Welt, von einem warmen Schoß, der ihn behutsam aufnehmen sollte.«

»Doch er wusste, dass es dabei galt, auf elementare Dinge zu verzichten« wandte Klaas ein und nahm sich das Tagebuch.

»Ja, das wusste er. Aber es war ihm nicht wirklich bewusst«, erklärte Paula.

Lehrjahre sind keine Herrenjahre. Auch ich, Frank Buschhoven, brauchte meine Zeit, um zu merken, wie es sich anfühlt auf eigenen Füßen zu stehen. Natürlich bekam ich Bafög. Dafür sorgten der im Ausfüllen jedweder Formulare geübte Stromableser und meine Mutter. Sie war dabei besonders engagiert. Sogar die Fahrt zur Behörde nahm sie mir ab. Nicht nur, dass Mutter gerne lebte. Sie war – in allen Lebenslagen – auch geschäftstüchtig; das muss ich ihr lassen.

Mit meinem Entschluss, katholischer Priester zu werden, musste sie sich allerdings erst anfreunden, was eine ganze Weile in Anspruch nahm. Da ihr natürlich nicht entging, dass ich ein guter Schüler war und mein Abitur problemlos nach Hause bringen würde, war sie darauf bedacht, mich für die medizinische Laufbahn zu interessieren. »Junge, da kannst du richtig Kohle machen. Und im Dorf oder in der Stadt, egal wo du lebst, bist du ein geachteter Mann. Dr. Buschhoven. Stell dir das einmal vor!« In der Tat: Über eine Ausbildung zum Arzt hatte ich auch längere Zeit nachgedacht, doch schwebte mir ebenfalls vor, Jura zu studieren. Rechtsanwalt, Staatsanwalt oder Richter: Das wäre sicher nicht schlecht gewesen, überlegte ich. Schnelle Auffassungsgabe, hohe Belastbarkeit, reichlich Ehrgeiz, ein ordentliches Maß an Intelligenz, dazu ein loses Mundwerk: All diese Eigenschaften sagte man mir nach. Warum, fragte ich mich, sollte ich in dieser Branche nicht zu Ruhm und Ehre kommen? Auch hier erhielt ich die Zustimmung meiner Mutter, und sogar Stromableser Klaus befand, dass man es in dieser Sparte durchaus »zu etwas bringen« könne. Zudem war mir klar, dass Mutter an einer Bilderbuch-Karriere ihres Sohnes ausgesprochen interessiert war, allein schon, um ihren doch arg ramponierten Ruf dadurch ordentlich aufpolieren zu können.

Da ich wusste, dass ich zumindest über etliche Jahre hinweg von Mutters Gunst abhängig sein würde, warb ich – nachdem ich meine Entscheidung endgültig getroffen hatte – in Sachen Priesterlaufbahn so lange, bis meine Mutter mir gegen den heftigen Protest des Stromablesers hoch und heilig versprach, mich auch während des Theologie-Studiums zu unterstützen. Sie merkte rasch, dass es keinen Zweck hatte, mich umzustimmen. Sie ließ mich meinen eigenen Weg gehen, was für mich nicht neu war. Mit dem Versprechen, mich in jedem Fall materiell und finanziell weiterhin großzügig zu behandeln, solange dies notwendig sei, wollte sie aber auch Klaus zeigen, wer im Haus die Hosen anhatte.

Nachdem der nämlich seinen Job verloren hatte, weil er bei der Veruntreuung öffentlicher Gelder erwischt worden war, musste meine Mutter wieder arbeiten gehen. Das fiel ihr jedoch nicht unbedingt schwer. Im Gegenteil: Das Kellnern in der Bierkneipe machte ihr wieder richtig Spaß, außerdem nahm der Wirt sie mit Kusshand.

Klaus hatte erhebliche Probleme, mit seinem finanziellen Dilemma fertig zu werden und sich mit dem Gedanken zufrieden zu geben, von Mutter nun auch pekuniär abhängig zu sein. Denn vom einen auf den anderen Tag war er kaum noch in der Lage, seinen Obolus in die Haushaltskasse zu entrichten, außerdem konnte er sich nicht mehr mit Sekt und Parfüm bei Mutter wichtig machen.

Nicht nur seine pure Verzweiflung, sondern auch die von mir als kleiner Junge schon erahnte grenzenlose Dummheit führte ihn eines Abends dazu, in Mutters Geldschatulle zu greifen. Dass er sich dabei von mir erwischen ließ, legte zudem Zeugnis ab von der Oberflächlichkeit, welche diesem Mann zu eigen war. Unterbelichtet, wie der Stromableser nun einmal war, versuchte er es dann auch noch mit Ausreden wie »Ich soll morgen einkaufen gehen« und »Wir müssen das Wassergeld auf der Bank einzahlen.« Da rutschte mir zum ersten und einzigen Mal im Leben die Hand aus. Alle Scheine und Geldmünzen, die sich nach dem Schlag in der Küche verteilt hatten, ließ ich ihn aufheben. Auf allen Vieren kroch er sogar auf mein Geheiß hin durch das Zimmer, damit am Ende nur ja nicht auch nur ein einziger Pfennig fehlte. Mit hochrotem Kopf, der mich lebhaft an die Geschichte mit der Vanillesoße erinnerte, bat er mich, den Vorfall vor meiner Mutter geheim zu halten. Ich versprach ihm, nachdem sich meine Erregung gelegt hatte, darüber nachzudenken. »Wirst bestimmt ein guter Pfarrer«, stammelte Klaus und nahm sich aus dem Kühlschrank ein Bier, das ich am Nachmittag besorgt hatte.

Karneval

Weithin war das Örtchen berühmt für seinen Karneval. Schönenbach war schließlich eines der wenigen Dörfer im weiteren Umkreis, das es schaffte, fast jedes Jahr einen Faschingsprinzen zu proklamieren. Das war gewiss nicht einfach. Mal stellten die Gattinnen sich quer, wenn der Herr des Hauses sich anschickte, das Zepter zu übernehmen, mal scheiterte der Plan an der fehlenden Finanzmasse. Doch wenn die närrische Personalie zu scheitern drohte, fand sich im letzten Moment doch noch ein Jeck, der im Ort die nächsten sechs oder sieben Wochen vorneweg marschieren wollte. Vier Mal hatten die Schönenbacher Jecken aus diesem Grund bereits einen Prinzen, der sich bereit erklärte, ein zweites Mal den Thron zu besteigen. Auch ein Dreigestirn gab es schon, das hatte den Vorteil, dass sich die Protagonisten die Zeche teilen konnten. Für Furore sorgte vor zwei Jahren die Proklamation eines Dreigestirns, das komplett aus Frauen bestand.

Gleich zwei Kappensitzungen jedenfalls stellte der Karnevalsverein Schönenbach Session für Session auf die Beine, und die hatten es in sich. Nicht zu vergessen die vielen Faschingsfeten der einzelnen Vereine im Dorf, der Kinderkarneval und natürlich der Rosenmontagszug mit anschließendem gemütlichen Beisammensein im Dorfgemeinschaftshaus. Dort traf man sich nach dem Korso, der noch jedes Jahr die Länge von 1,5 Kilometern übertroffen und noch nie die stattliche Zahl von zwanzig DRK-Einsätzen zwischen allgemeinem Singsang und Erbrochenem unterschritten hatte.

Traditionelle Prinzenproklamation beim Schönenbacher Karnevalsverein war stets am zweiten Samstag im Januar. Bis auf den letzten Platz gefüllt war auch diesmal wieder das Bürgerhaus, als die mit Frack und Zylinder einmarschierenden Herren des Elferrats sich Blümchen werfend den Weg durch den Saal hinauf auf die Bühne bahnten. Während des Klatschmarschs blieben die brennenden Zigaretten in den silberfarbenen Pappschalen liegen, so dass die Rauchschwaden, vom Charme der Ratsherren und dem Duft literweise aufgetragenen Parfüms begleitet, schunkelnd zur Saaldecke hinaufsteigen konnten. Dort erwartete sie bereits ein Meer von Luftballons, mit dem die örtliche Bankfiliale den Karnevalsverein auch in diesem Jahr überflutet hatte. Die Aufschrift »Karneval mit K+I – dann kannst du feiern wie noch nie!« wies auf den Sponsor hin, der sein Marketing-Produkt in diesem Jahr insofern optimiert hatte, als er statt der I-Punkte kleine, bunte Narrenkappen aufdrucken ließ. Versammelt war fast das ganze Dorf, unter den Ehrengästen befanden sich wie immer Bürgermeister Ferdinand Simon und sein Gemeinderat, sämtliche Vereinsvorsitzende sowie der Grundschulrektor. Frank Buschhoven und Paula Brandt, die in den vergangenen Jahren ebenfalls immer genannt und mit einem besonders herzlichen Applaus sowie einem kräftigen Tusch begrüßt worden waren, wurden an diesem Abend trotz Anwesenheit erstmals nicht offiziell willkommen geheißen.

Sitzungspräsident des Schönenbacher Karnevalsvereins war kein geringerer als Henning Gerhard, der mit seinem Humor die Narrhalla in sicheren Intervallen immer wieder und zielgerichtet zu lähmen wusste. Dafür stellte der pensionierte Postangestellte stets Führungsqualität und erstaunliches Durchsetzungsvermögen unter Beweis; wichtige Eigenschaften, welche er sich als Vorsitzender des Pfarrgemeinderats in mühevoller Kleinarbeit reichlich angeeignet hatte. Die cremefarbene Uniformjacke mit den faustdicken Schulterstücken war ihm dabei zumindest im Karneval behilflich: Die vier goldenen Knöpfe und der glänzende Saum an der Narrenkappe unterstrichen seine Autorität zusätzlich. Ja, hier hatte er es zu was gebracht. Dieser Mann hatte was zu sagen. Mit wie viel Fingerspitzengefühl Präsident Henning von Schönenbach es zudem immer wieder schaffte, diejenigen Jugendlichen zu besänftigen, die zum fröhlichen Schunkeln auf die Klapp-Bänke stiegen, machte ihn zu einem unverzichtbaren Aktivisten im dörflichen Vereinsleben: »Kinder, muss ich denn wirklich jedes Jahr darauf hinweisen, dass die Bänke von euch nicht verschmutzt werden sollen?« Und wenn er einmal besonders gut in Form war, gelang es ihm sogar, seine Aufforderung in einen Reim zu fassen: »Ihr jungen Leut', nun seid schön brav, sonst gibt's vom Prinz gleich noch 'ne Straf.« Der Tusch der Musikkapelle ging allerdings meist in einem gellenden Pfeifkonzert unter.

So ließ sich im Örtchen immer wieder trefflich darüber streiten, ob Henning Gerhard nun wirklich Humor hatte oder nicht. Auch als er diesmal die Prinzenproklamation anmoderierte, gab er sein Lächeln auf und war ganz Mann. Der protokollarische Akt wollte schließlich mit Würde über die Bühne gebracht werden. Immerhin: In wenigen Minuten würde der neue Regent den Saal betreten, und der hatte gewiss mehr Lametta auf der Jacke als alle anderen hier im Dorf. Den Narren im Saal war das alles gleich. Was Henning sagte, oder wie er es tat: Hauptsache, er legte endlich los. Denn die Schönenbacher warteten schon seit etlichen Wochen geduldig auf diesen Moment, weil der Name der neuen

Tollität bis zur letzten Sekunde streng geheim gehalten wurde.

So war die Spannung kaum zu ertragen. Doch dass obendrein – in diesen Akt von historischer Tragweite hinein – auch noch ein Luftballon explosionsartig wie verbotenerweise ins Geschehen eingriff, als wollte er Protest gegen das Prozedere einlegen, brachte Henning Gerhard fast zum Platzen. »Wer war das?« fragte er. »Ein Luftballon«, antwortete sein Nebenmann in Uniform und ergänzte brüskiert: »Ich glaube, es war ein roter.« Gerhard: »Typisch!«

In der Tat, es war ein roter Luftballon, der das Protokoll an den Rand des Scheiterns gebracht hatte. Schlaff und ohne Mumm hing er nun am dünnen Bindfaden, und wer genau hinsah, erkannte, dass er mit dem Mund aufgeblasen war: zumindest einen Tropfen warmer Atemfeuchtigkeit gab er aus seinem Inneren preis. Der traf ausgerechnet die in Grundstellung verharrende Sieglinde Geiger-Degenhardt. Gott sei Dank trug sie einen Hut.

Dann endlich, war es soweit. Henning Gerhard holte tief Luft, korrigierte noch einmal den Sitz seiner Narrenkappe und wischte erste Schweißtropfen vom Schnurrbart:

»Liebe Närrinnen und Narren. Ich komme nun zum Höhepunkt. Des heutigen Abends, meine ich.« Als einige Leute im Saal lachten, bemerkte der Präsident, dass ihm ein Witz – wenn auch von der Qualität eines Furzes – entwichen war, und schlug sich auf die Schenkel. Doch weiter ging es im Text: »Unser Dorf hat auch in diesem Jahr wieder einen Prinzen, und auf den sind wir alle sehr stolz. Wie seine Vorgänger, sieht auch er optisch gut aus. Er hat mich heute Nachmittag noch telefonisch angerufen und mir gesagt, dass unser schönes Eifel-Örtchen die tollste Session aller Zeiten erleben wird. Ihr alle werdet begeistert sein, das kann ich euch jetzt schon versprechen. Nun erhebt euch von euren Bänken zum Einzug des neuen Prinzen. Herr Kapellmeister, auf geht's!«, befahl Henning und legte die Hand zum karnevalistischen Gruß vorschriftsmäßig an die Schläfe.

Narrhalla-Marsch, jetzt ging es rund. »De Prinz kütt«, riefen ein paar Eifeler sich zu, »Helau« skandierten andere, die mit Alaaf nichts anzufangen wussten. Da kam er, der Prinz, man sah schon von weitem die große Feder an der Kappe, und wieder flogen Blümchen, nur waren sie diesmal noch viel bunter, und vor allem waren es mehr. Ganze Körbe leerte der Prinz, noch war dies möglich, noch hatte er beide Hände frei. In ein paar Minuten schon würde er das Zepter und den Schlüssel für das Rathaus tragen, dann erwarteten ihn andere Pflichten. Doch immer lauter wurden die Rufe nach dem neuen Regenten, noch hatten nicht alle Untertanen in der Arena, die nun schwankte wie ein Schiff in Seenot, Gewissheit, um wen es sich handelte. In der Mitte des Saals angekommen, zog der Mann mit der großen Feder das nächste Register. Heftig mit den Armen rudernd brachte er die Barkasse nahezu zum Kentern, als er Hunderte von Geldscheinen in die Menge schleuderte. Viele Narren gingen auf der Stelle in die Knie, als ob sie sich verneigten vor dem neuen Oberhaupt. »Sind die Scheine echt?«, war nun die am meisten gestellte Frage. »Nein, nur kopiert.« Wie schade. Also schnell wieder hinstellen, klatschen und weiterjubeln.

Auf seinem Weg auf die Bühne küsste der Imperator alle Frauen, die sich ihm in den Weg stellten, ob sie wollten, oder nicht. Bussi links, Bussi rechts, dann rasch weiter, schnell noch ein paar Tausender in die Menge hinein, Zeit war in Verzug, das Protokoll drohte aus den Fugen zu geraten.

Denn sicher war: Auch die Fünfte Jahreszeit verlangte Ordnung und Disziplin. Also flugs hinauf auf die Bühne mit unserem Helden in Strumpfhosen, der neuen Majestät, dem Herrscher über Schönenbach. Endlich war er da, der Geadelte auf Zeit, das Warten hatte ein Ende. Prinz Gerd-Michael I. (Geiger) hatte seine erste Bewährungsprobe bestanden. Der Saal tobte.

Mit einem dreifach-kräftigen »Schönenbach-Ahoi« begrüßte Prinz Gerd-Michael die ihm nun zumindest bis Aschermittwoch halboffiziell untergebene Narrenschar, übernahm Zepter und Schlüssel von Bürgermeister Simon und versprach, den Gemeindesäckel wieder ordentlich zu füllen. Geigers Faschingsmotto:

»Jubel, Trubel, das ist klar,
mit Gerdi werden Träume wahr.
Geht euch das Geld vom Zechen aus,
dann kommt doch schnell in unser Haus,
denn eins vergessen dürft ihr nie,
der beste Freund heißt K und I.«

Wer nun dachte, der Höhepunkt des Abends sei vorüber, der sah sich getäuscht. Mit Gymnasial-Lehrer Paul Frei erschien ein Büttenredner auf der Bühne, der sich im karnevalistischen Rampenlicht als »Närrischer Gemeindeschreiber« vorstellte. Der Dorfchronist ließ die wichtigsten Ereignisse des vergangenen Jahres Revue passieren. Stilistisch sauber und mit geordnetem Versmaß, dabei inhaltlich eher platt, nahm er die Leute ordentlich auf die Schippe.

Zum Beispiel erzählte er von den Kanalbauarbeiten im Dorf, die unterbrochen werden mussten, weil der Hund des

Schlachters gleich zwei im Graben buddelnde Bauarbeiter so kräftig in den Hosenboden gebissen hatte, dass sie im Krankenhaus behandelt werden mussten.

Natürlich zog Paul Frei auch über den in der Nachbargemeinde lebenden Landtagsabgeordneten her, der sich in der Landeshauptstadt gegen eine Erhöhung der Diäten ausgesprochen habe, dessen Körperumfang gleichwohl immer bedrohlichere Formen annehme.

Selbstverständlich nahm sich der Karnevalist auch Bürgermeister Ferdinand Simon vor. Seitdem dieser Chef im Rathaus der Eifelgemeinde sei und in vielen Fragen mit der sich in der Minderheit befindlichen SPD-Opposition, den Schönenbacher Roten, zusammenarbeite, sehe er, der Gemeindeschreiber, für die Zukunft schwarz. Dabei zeigte er auf die SPD-Gemeinderatsmitglieder im Saal und nannte ihre Tischreihe die rote Meile. Für dieses Wortspiel erhielt der Redner einen besonders lauten Tusch.

Nach diesem Einstieg in die für Schönenbacher Verhältnisse eher zurückhaltende Faschingsrede begann Paul Frei allmählich, das Messer zu wetzen:

Ihr lieben Leute, lasst euch nun sagen,
was sich im Dorf noch hat zugetragen.
Nicht Bürgermeister oder Rat,
schritten diesmal arg zur Tat.
Es war der Pfarrer und sein Frau,
die ließen raus im Dorf die Sau.
Der junge Dechant setzt auf Liebe,
auch er hat wohl sehr starke Triebe.
Die Paula macht das alles mit,
und zeigt dem Priester ihre Titt.
Dann macht er ihr auch noch ein Kind,

doch weit gefehlt, das ist kein Sünd!
So jedenfalls denkt unser Busch,
schimpft von der Kanzel, husch, husch, husch,
und glaubt dies sei sein Pfarrerspflicht;
nein, nein, mein Frank, so geht es nicht!

Herr Pfarrer, ja ich sag es heut,
hier im Saal vor allen Leut,
Wilde Ehen wolln wir nicht,
drum tue endlich deine Pflicht,
wie all die braven Theologen,
die sich auch ihr Kreuz verbogen,
doch nicht beim Hüpfen auf der Frau,
sondern beim Beten, denn das ist schlau.

Und willst du haben deinen Spaß,
komm zu uns, trink mit ein Glas,
gern dürfen es auch fünfe sein,
bist auch ein Mensch, sagst nicht gern nein,
und wenn du tust dann deine Pflicht,
geh mit dir selber ins Gericht,
dann holt der Prinz dich in die Mitte,
und gibt dir sicher die Kredite,
die du brauchst noch auf dem Bau,
wenn du das tust, dann bist du schlau!

Verhaltener Beifall, Murmeln, vereinzelt Buh-Rufe. Keine Frage. Die Stimmung war dahin. Fürs Erste zumindest. Frank Buschhoven und Paula Brandt verließen auf der Stelle die brodelnde Narrenresidenz. Doch sie waren nicht die einzigen: Auch der Bürgermeister ging schnellen Schritts samt Ehefrau nach Hause. Und ebenfalls gut ein Dutzend Jugendliche zogen ab. Sogar Sieglinde Geiger-Degenhardt schüttelte den Kopf und schnupfte verlegen ins Taschentuch. Nach einer etwa zwanzigminütigen Pause, in der die hart gesottenen Karnevalisten an der Theke die Rede von Oberstudienrat Paul Frei noch einmal gründlich analysierten (»Der Vortrag war zwar hart, aber er hatte doch immerhin ein versöhnliches Ende«), ging es im bunt geschmückten Saal in gewohntem Schwung weiter. Von öffentlichem Eklat keine Spur. Irgendwie passend zum Thema des letzten Auftritts schmetterten die verbliebenen Besucher in feucht-fröhlicher Glückseligkeit »Du leeve Jott, jef uns Wasser ...«. Trotz des Ausmarschs von Frank und Paula, des Ehepaars Simon und vieler Jugendlicher ließ sich die muntere Faschingsschar das Singen nicht verbieten.

Paula Brandt hatte ein Teelicht angezündet und die alte Stehlampe in der Ecke neben dem Fernseher eingeschaltet. Auf dem Wohnzimmertisch lag noch eine geöffnete Tüte mit Kartoffel-Chips, in einer kleinen Glasschale daneben Salzstangen und Erdnüsse. Die Limonadenflasche und die beiden Gläser räumte Paula ab, während Frank in den Weinkeller ging.

»Es ist doch erst 10 Uhr!«, hatte Karin sich gewundert, als Frank und Paula nach Hause kamen. Die junge Babysitterin war erstaunt, zu der ungewohnt frühen Stunde im Pfarrhausflur Schritte zu hören. Als Karin, eine der engagiertesten Helferinnen auf der Pfarrheimbaustelle, die verweinten Augen Paulas sah, verzichtete sie auf weitere Fragen. »Hier sind deine zehn Mark«, flüsterte Pfarrer Buschhoven. »Und vielen Dank, Karin. Wenn wir dich wieder brauchen, rufen wir an.«

Klaas saß noch vor dem Fernseher. »Wo ist Karin, ist sie schon weg? Sie hat gar nicht Tschüss gesagt«, wunderte sich der Junge und nahm einen großen Schluck Limonade. »Komm, mein Freund, ich bring dich ins Bett«, hauchte Paula Brandt und verschwand mit ihrem Sohn, ohne dass man ihn protestieren hörte, auf der oberen Etage.

Frank hatte eine Flasche Wein aus dem Keller geholt. Erst jetzt bemerkte er, dass er noch Luftschlangen um den Hals gewickelt hatte, außerdem klebten noch Konfetti auf seinen Haaren. Frank schüttelte sich, so dass die bunten Papierlinsen auf die Tischdecke schwebten. Die Luftschlangen formte Frank zu einer Kugel, die er neben den Sessel fallen ließ. Als Paula in die Stube kam, schenkte er den Wein ein. Ein Riesling von den bischöflichen Weingütern, ein anerkannt guter Tropfen. Paula nippte an ihrem Glas, Frank leerte es in einem Zuge.

Die Wanduhr tickte. Kurz vor Elf. Frank beobachtete den Sekundenzeiger, mehrere Minuten lang. Paula griff zur Fernsehzeitung, blätterte knisternd um. Frank schüttete nach. Er hielt das Glas am Stiel und schaute tief hinein:

Winzige Zuckerkristalle wirbelten scheinbar ziellos durch die Flüssigkeit, um sich nach wenigen Sekunden leicht wie eine Feder am Boden niederzulassen. Am Rand hatten sich Bläschen gebildet, eines nach dem anderen löste sich auf. An der Oberfläche schwamm ein Korkpartikel. Das braune Teilchen, nicht größer als der Kopf einer Stecknadel, bewegte sich kaum wahrnehmbar. Es wurde getrieben, musste sich treiben lassen, hatte keinen Einfluss auf das, was mit ihm geschah. In diesem Moment war es nur noch ein unbedeutender Fremdkörper in einem großen Meer, dessen Naturgewalt nach Belieben mit ihm spielte. Die Auftrieb suchenden Schichten des rudernden Winzlings hatten nicht die geringste Chance, der Katastrophe zu entkommen. Entweder er landete im Magen und nahm irgendeinen biochemischen Weg, oder ein Ungetüm aus Haut und Fleischmasse machte sich über ihn her, um ihn aus dem Reich des Guten und Reinen zu schlürfen. Dabei war das braune Teilchen bis vor wenigen Minuten noch als Segment eines riesigen Körpers von hohem Nutzen. Mehrere Jahre lang hatte es immerhin mit dafür gesorgt, Aroma und Blume des edlen Getränks nicht aus der Flasche weichen zu lassen und damit gleichzeitig verhindert, dass ein Fremdkörper das autistische Dasein des auf seinen Verzehr wartenden Qualitätserzeugnisses störte. Nun, im Reich des Genusses angelangt, war es nur noch der unangemeldete Eindringling, der Störenfried. Also weg damit!

In die Stille des Pfarrhauses hinein läutete es an der Tür. Paula und Frank schauten sich an. Ihr erster Blickkontakt seit gut einer halben Stunde.

»Es würde mich nicht wundern, wenn jetzt auch noch eine tote Katze vor der Tür liegen würde«, wetterte Paula Brandt.

Doch dem war nicht so. Vor dem Portal standen zehn Jugendliche und Ferdinand Simon, der Paula Brandt eine Flasche Sekt überreichte.

»Dürfen wir reinkommen?«, fragte der pappnasige Gemeindechef.

»Aber natürlich, ich fasse es nicht! Kommt herein! Ich hatte schon mit dem Schlimmsten gerechnet. Nach dem heutigen Abend müssen wir wohl auf jede nur denkbare Überraschung gefasst sein«, entgegnete die Frau erleichtert.

Auch der Pfarrer, schon beim dritten Glas Wein angelangt, freute sich überschwänglich, als die Besucher – einige von ihnen waren noch geschminkt und trugen bunte Hüte und Mützen – das Wohnzimmer betraten.

»Wir sind nur gekommen, um zu sagen, dass es uns Leid tut«, sagte Bürgermeister Simon. »Das, was Paul Frei da vom Stapel gelassen hat, ist unverzeihlich und zeigt, was er für einen miesen Charakter hat.«

»Dem Wichser lassen wir keine Ruhe mehr, dem zahlen wir's heim«, schimpfte ein Jugendlicher und klopfte dem Pastor auf die Schulter.

»Nur immer mit der Ruhe, Leute. Setzt euch erst einmal hin«, wiegelte Pastor Buschhoven ab.

Paula brachte Wein und Gläser, während die jungen Leute sich auf den Boden setzten und der Bürgermeister neben Paula Platz nahm. Eine lange Nacht stand bevor. Als die Gäste gegen vier Uhr aufbrachen, scheiterte Franks Versuch, mit seiner Paula endlich noch einmal alte Zeiten aufkommen zu lassen, kläglich. Die letzte Flasche war für ihn – wieder einmal – zu viel!

Personalpolitik

Nach der Entpflichtung Frank Buschhovens als Dechant galt es nun für Dekanat und Bistum, über personelle Weichenstellungen zu beraten. Vorgespräche dazu hatten in der Domstadt bereits stattgefunden. Jetzt sollten schon bald die 24 Priester des ehemaligen Buschhoven-Dekanats zusammenkommen, um nach Lösungsansätzen zu suchen. Beim bischöflichen Stuhl hatte man gleichwohl keine Eile. Die Nachfolge Buschhovens wurde dort nicht als besonders dringlich erachtet. Außerdem wollte man die weitere Entwicklung in der Pfarrei St.Marien erst einmal in Ruhe abwarten.

Um die Personalangelegenheit dennoch zu einem raschen Ende zu bringen, wurde der Kollege Alfred Gockel aktiv. Er vertrat die Auffassung, dass, egal wie sich die Lage im Pfarrhaus der Eifelgemeinde auch entwickeln sollte, eine zügige Entscheidung durchaus geboten sei. Schließlich solle die organisatorische Struktur des Dekanats durch eine zu lange Vakanz nicht aufgeweicht werden, argumentierte er. Die Priester seien sehr wohl in der Lage, einen neuen Dechanten zu wählen, schließlich müsse der auch nicht zwingend am gleichen Standort angesiedelt sein. Da gebe es eine ganze Reihe Beispiele.

Nachdem Alfred Gockel seine Sicht der Dinge sowohl dem Regionaldekan als auch der Bistumsspitze bereits schriftlich unterbreitet hatte mit dem ausdrücklichen Vermerk, diese zusätzliche Verantwortung im Notfall selbst zu übernehmen, trug er sein Ansinnen auch im Kollegen-Kreis vor. »Wenn sich denn kein anderer findet, bin ich bereit, die Last zu tragen«, stellte er den jungen Priestern in Aussicht. WEXL

Schon in seiner Kindheit galt Alfred Gockel als überaus hilfsbereiter Mensch. Wenn es irgendetwas zu erledigen galt, Kleinalfred war immer zur Stelle, auch, wenn er nicht gebraucht wurde. Weil er sich in alles hinein hängte, was auch nur im Ansatz problembeladen schien, nannten ihn seine Mitschüler auch gerne den »Tauchsieder». Jedenfalls wusste Alfred Gockel schon als junger Bursche seine Interessen nachdrücklich zu vertreten, ohne dabei in irgendeiner Form auffällig zu wirken. Manchmal ließ er seine weniger ambitionierten Klassenkameraden in der Fünf-Minuten-Pause sogar die Hausaufgaben abschreiben, allerdings nicht ohne sich diese Dienste in Form von Süßigkeiten oder Kleingeld vergüten zu lassen. Auch hätte er während des Unterrichts niemals gegen störende Mitschüler protestiert. In diesen Fällen zog er es vor, dem Herrn Lehrer ein Briefchen mit dem entsprechenden Inhalt zuzustecken. Beim dritten Mal wurde dem Pädagogen Alfreds Hilfsbereitschaft allerdings zuviel. Nach dem Unterricht stellte er den Judas zur Rede, was von einigen besonders neugierigen Klassenkameraden nicht unbemerkt blieb. Die nächsten beiden Tage fehlte Alfred in der Schule. Hinter einem Busch hatte es noch auf dem Nachhauseweg ordentlich Haue gegeben.

Die Sorge um seinen angeschlagenen Freund Frank Buschhoven ließ Alfred Gockel jedenfalls nicht zur Ruhe kommen. Nicht nur, dass er den Regionaldekan – ganz im Vertrauen – mit den »möglichen Alkoholproblemen« des Kollegen Frank Buschhoven konfrontierte. Er schaltete auch seinen Seminar-Freund, den Theologen und Psychotherapeuten Markus Reider, ein. In einem vierseitigen, handgeschriebenen Brief unterrichtete Alfred Gockel den Experten über die »schlimmen Lebensumstände des allseits geschätzten Kollegen«, der dringend der Hilfe eines Experten bedürfe. »Vielleicht ist es dir, lieber Markus, möglich, dem Kollegen einen Besuch abzustatten, um dich selbst einmal von dessen Zustand zu überzeugen. Er selbst lässt niemanden mehr an sich heran. Die Situation ist fürwahr verfahren. Ich mache mir nicht nur um Herrn Pastor Frank Buschhoven ernsthaft Sorgen, sondern auch um die Seelsorge in der Gemeinde«, schrieb Alfred Gockel.

Paula Brandt saß weinend in der Küche. Verzweifelt trommelte sie mit beiden Händen auf den Tisch. Sie schluchzte laut, musste husten. Tränen liefen über ihr Gesicht. Sie putzte sich die Nase und legte den Kopf auf die blanke Tischplatte. Kurz zuvor hatte sie Frank Buschhoven ins Schlafzimmer geschleppt. In volltrunkenem Zustand war er im Treppenhaus gestürzt und hatte sich selbst nicht mehr helfen können. Gleich nach dem Frühstück war der Kirchenmann in seinem Arbeitszimmer verschwunden, wo er sich über eine Flasche Cognac hergemacht hatte. Während des Trinkens setzte er den Pfarrbrief auf, allzu weit kam er damit nicht. Als Paula das Gepolter im Treppenhaus hörte, stürzte sie aus der Küche und sah der Katastrophe ins Auge. Frank Buschhoven war sturzbetrunken. Er röchelte leise, Blut floss aus der Nase. Mit letzter Kraft zog Paula Frank, der sich mühsam ans Geländer klammerte, nach oben. Dass währenddessen die Türglocke läutete, machte die ohnehin desaströse Situation für das Paar noch dramatischer. Natürlich konnte Paula die Tür nicht öffnen, weil sie Frank sonst einfach auf den Stufen hätte ablegen müssen. Also zerrte Paula den Priester weiter. Als sie eine Pause machte, um die Kräfte für die letzten fünf Tritte zu mobilisieren, stand vor der ersten Treppenstufe ein Mann.

»Mein Name ist Markus Reider, ich möchte zu Herrn Buschhoven.«

»Wie kommen Sie herein, was wollen Sie?«

»Entschuldigen Sie bitte. Ich habe geläutet, aber es machte niemand auf. Doch die Tür war offen, da dachte ich ...«

»Aber was wollen Sie hier um alles in der Welt?«

»Ich bin ein Kollege von Herrn Buschhoven. Pastor Gockel hat mich gebeten, einmal herein zu schauen.«

Paula Brandt bemerkte, dass sie sich in einer ausweglosen Situation befand, zumal Frank versuchte, sich schnaufend aufzurappeln, und irgendetwas lallte.

Markus Reider nahm einen neuen Anlauf: »Kann ich Ihnen helfen?«

»Nein, uns kann keiner helfen!«

Frank war gerade einmal drei Jahre Pfarrer in der Eifel, da besuchte ihn sein Freund Alf Harms. Der hatte sich inzwischen beruflich verändert. Nach einer kurzen Zeit als Diakon war er über irgendwelche Wege an eine Werbe-Agentur geraten, wo er als Kompagnon einstieg. Finanziell erlebte Alf einen rasanten Aufstieg, was nicht zuletzt an seinen pfiffigen Ideen lag. Eine Frohnatur wie Alf Harms, der immer für einen flotten Spruch gut war, konnte Frank sich als Werbetrommler vor dem Reißbrett und bei flippigen Empfängen ohnehin besser vorstellen als am Altartisch.

Frank empfing den ostfriesischen Studienkollegen in seinem Arbeitszimmer. Alf begrüßte Paula mit einer Herzlichkeit, als wären sie über Jahrzehnte hinweg die besten Freunde gewesen. Dabei sparte er natürlich nicht mit Komplimenten: »Schicke Haushälterinnen gibt es hier. Vielleicht hätte ich doch Pfarrer werden sollen«, flachste die »Fischgräte«. So war er eben, Franks Freund Alf.

Gleichzeitig war für Buschhoven klar, dass der Abend in eine flotte Sause münden würde, diesmal aber sicher nicht in irgendeiner »Sansi-Bar«, sondern im deftigen Umfeld einer Eifeler Dorfkneipe. Während Frank sich dort selbstverständlich ein Bier bestellte, staunte er nicht schlecht, als Alf Mineralwasser orderte. So kannte er ihn gar nicht. »Junge, ich muss dir was erklären«, sagte Alf und erzählte die Geschichte, die sein Leben verändert hatte:

Die kleine katholische Diaspora-Pfarrei in Aurich bot ihm nicht das, was er sich erhofft hatte. In der Ostfriesland-Metropole fühlte er sich zwar wohl, doch stellte Alf schnell fest, dass er im Begriff war, den falschen Beruf zu ergreifen. Immer häufiger traf er sich mit alten Jugendkumpels im Bier-Salon oder in der Diskothek des Einkaufstempels, wo ordentlich gebechert wurde. Auch bei den Fußballspielen der Spielvereinigung Aurich, die ein müdes Dasein in der Niedersachsenliga fristete und über den fünften Tabellenplatz kaum hinaus kam, stand Alf immer in der ersten Reihe – des Getränkepavillons. Mit den bösen Blicken, die ihm seine Alkoholexzesse und Weibergeschichten einbrachten, konnte er – ausgestattet mit schier unverwüstlichem Selbstbewusstsein – noch einigermaßen leben. Doch als er eines Abends mit seinem nagelneuen Passat volltrunken gegen einen Radfahrer stieß, der ein paar Tage später an den Folgen seiner schweren Verletzungen starb, änderte sich Alfs Leben von einem Tag auf den anderen. Eine auf Bewährung ausgesetzte Freiheitsstrafe sowie ein Alkoholentzug waren die unausweichliche Folge und bedeuteten gleichzeitig den Abschied aus der für Alf »liebenswertesten Stadt der Welt».

Dass Franks Freund trotzdem die Kurve bekam und die Kraft aufbrachte, ein neues, erfolgreiches und lebenswertes Leben zu starten, freute den Schönenbacher Seelsorger über alle Maßen. »Also, mei Jung, weißt Bescheid! Lebe dein Leben beständig, denn du bist länger tot als lebendig. Aber denk' dran: Trink nicht mehr, wie du mit Gewalt runterkriegst!«, riet Alf ihm.

Schwer im Magen lag Frank Buschhoven nach wie vor die Sanierung des Schönenbacher Pfarrheims. Mit dem Geld, das der Theologe von Klara Ziebig bekommen hatte und durch die vielen Eigenleistungen schien sein Finanzplan jedoch aufzugehen. Nach wie vor gaben sich die Handwerker die Klinke in die Hand. Am Wochenende waren es meist Jugendliche, die mit ihrem Pfarrer zusammen Hand anlegten.

Gleichzeitig aber stieg auf der Baustelle der Alkoholkonsum mächtig an. Pfarrer Buschhoven sorgte immer dafür, dass genügend Bier und Wein vor Ort waren. Die jugendlichen Helfer ließ er am Ende eines arbeitsreichen Tages mehr und mehr daran partizipieren. Zudem hatte Frank Buschhoven nun immer einen Flachmann dabei, den er in einem unbeobachteten Moment inzwischen mühelos in einem Zug leerte.

An einem Samstagabend saßen Frank Buschhoven und seine jungen Freunde noch spät beim Bier. Der Pfarrer, inzwischen reichlich angetrunken, stieg noch einmal auf die Leiter, um ein aus der Wand hängendes Kabel zurückzuschieben. Plötzlich verlor er das Gleichgewicht und fiel zu Boden. Mit Schürfwunden an Kopf, Armen und Beinen bugsierten die Mädchen und Jungen den Kirchenmann ins Pfarrhaus, wo sie ihn ins Bett legten.

Der darauf folgende Sonntag wurde für Pfarrer Buschhoven zur Tortur. Noch in erheblichem Rauschzustand las er, mit einer durch ein viel zu kleines Pflaster notdürftig verdeckten Platzwunde am Kopf, die heilige Messe. Auf die Predigt verzichtete er dieses Mal. Nach einem ausgedehnten Mittagsschlaf wachte er gegen Abend auf, nahm sich gleich wieder einen kräftigen Schluck aus der Pulle und entschloss sich dazu, in diesem Jahr erneut als Büttenredner beim Frauen-Karneval in Erscheinung zu treten.

Doch vorher hatte er noch etwas zu erledigen. Per Kurier war ihm eine vertrauliche Gesprächsnotiz aus dem Bistum zugeleitet worden. In diesem Schreiben war noch einmal der Ablauf der Unterredung am Tisch des Generalvikars aufgezeichnet. Die Lektüre legte nicht nur Erinnerungen frei, die er mühsam abzuschütteln versuchte; sie wühlte ihn auf: »Während der Unterredung gewinnt man den Eindruck, dass Herr Pastor Frank Buschhoven dazu neigt, sich für viele Dinge verantwortlich zu fühlen. Manchmal glaubt er sogar, die Schuld für marginale Vorgänge, die er nicht mittragen kann und auch nicht zu verantworten hat, liege bei ihm. Dem ist auch so, wenn die Dinge nicht in seinen direkten Verantwortungsbereich gehören: Zum Beispiel handelt es sich da um die Zulassung von Laien als hauptamtliche Seelsorger. Herr Buschhoven sorgt sich sogar um seelsorgerische Probleme weltweit. Der Schönenbacher Pastor neigt ebenfalls dazu, sich mit den Schwierigkeiten anderer Menschen so sehr zu identifizieren, dass sie ihn häufig sehr belasten (Beispiel Krankheit einer alten Dame namens Klara Ziebig)«, hieß es da.

Als Frank Buschhoven las, dass sich das bischöfliche Generalvikariat zwischenzeitlich dazu entschlossen hatte, »den Rat des für den Dechantenposten zu favorisierenden Mitbruders Alfred Gockel« zu unterstützen, wonach sich Buschhoven schnellstmöglich in psychiatrische Behandlung begeben sollte, war der Priester fassungslos. Postwendend schrieb er dem Bischof:

»In einem Gespräch mit dem Herrn Generalvikar, dem Herrn Dompropst und dem Herrn Regionaldekan ist mir nahe gelegt worden, den Posten des Dechanten und des stellvertretenden Regionaldekans abzugeben, und zwar aus freien Stücken. Ich habe mich für ›aus freien Stücken‹ entschieden, weil mich Amtstitel nicht interessieren. Diese Entscheidung ist mir nicht schwer gefallen, weil sich etliche Leute massiv über mich beschwert haben wegen meiner Äußerungen in der besagten Predigt. Im weiteren Verlauf dieser Unterredung hat der Herr Generalvikar zu meiner Einlassung, wonach mir eine alte, alleinlebende Dame aus unserer Gemeinde einfach nur leid tue und ich nicht wisse, wie ich ihr helfen könne, gesagt: ›Sie sollen und Sie brauchen kein Mitleid mit anderen Menschen zu haben, ich verbiete Ihnen, sich Sorgen um den Zustand der Pastoral zu machen; denn darunter dürfen Sie keinesfalls leiden.‹ Allerdings widersprechen diese Aussagen in ganz bestimmter Hinsicht der Botschaft Jesu. Im zehnten Kapitel bei Lukas wird dem Sohn Gottes die Frage gestellt: ›Meister, was muss ich tun, um das ewige Leben zu gewinnen?‹ Danach erzählt Jesus vom barmherzigen Samariter, der gesagt haben soll: ›Als er ihn sah, hatte er Mitleid. Jesus sagt zum Schluss: Dann geh und handle genauso!‹

An diese Anweisung, lieber Herr Bischof, möchte ich mich immerzu halten dürfen.

Ich erlaube mir hiermit auch, sehr geehrter Herr Bischof, Ihnen mitzuteilen, dass ich sowohl den Herrn Generalvikar als auch den Herrn Dompropst durchaus schätze und akzeptiere, dass ich die beiden Herren aber in Fragen der Pastoral nicht für kompetent halte!«

Der Zusammenbruch

Frauen-Karneval in Schönenbach. Ein gesellschaftliches Ereignis von hohem Rang. Auf den derben Höhen der Eifel war er inzwischen ebenso berühmt-berüchtigt wie die flotten Kappensitzungen des örtlichen Fastnachtsvereins selbst. Die Veranstaltung war seit Jahren fester Bestandteil des dörflichen Veranstaltungskalenders und immer schon Wochen vorher ausverkauft. Meist bereits in der Adventszeit begannen die Frauen damit, Tänze einzuüben und Kostüme zu nähen, das Programm zusammenzustellen und Einladungen zu entwerfen.

Doch auch hier lief nichts ohne Regeln: Dass nur Frauen teilnehmen durften, das verstand sich von selbst. Die Besonderheit bestand darin, dass es immerhin denjenigen Männern gestattet war zu erscheinen, die sich an dem Abend auch wirklich nützlich machten: Das war für gewöhnlich der Tontechniker, vielleicht der eine oder andere Kellner, der Pressefotograf und – dies war allerdings Tradition: der Pfarrer. Doch dafür, dass er teilnehmen durfte, musste er eine Gegenleistung erbringen: Er war dazu verdonnert, in die Bütt zu steigen. Ein Umstand, der Frank Buschhoven in den vergangenen Jahren allerdings keinerlei Schwierigkeiten bereitet hatte. Im Gegenteil: Mit pfiffigen Reden brachte der Pfarrer die holde Damenschar ein ums andere Mal in Verzücken. Frank Buschhoven war beim Frauen-Karneval immer ein gern gesehener Gast und stets Hahn im Korb freudetrunkener Karnevalistinnen.

Auch in diesem Jahr herrschte im Schönenbacher Bürgerhaus ausgelassene Stimmung, als der Damen-Elferrat zu »Ich will 'nen Cowboy als Mann« in den Festsaal einmarschierte. Die fesche Damen-Riege, an der Spitze Sieglinde Geiger-Degenhardt, war als Cowgirl-Gang kostümiert. Kurze braune Kunstlederröcke, weiße, hoffmannsgestärkte Blusen, wadenhohe, braune Lederstiefeletten und schwarze Hüte schmückten die Frauen an diesem Abend. Mit gezückten Waffen schossen die Cowgirls wild um sich. Zum Zeichen ihrer besonderen Rolle unterschied sich Sieglinde Geiger von den Kolleginnen darin, dass sie zusätzlich ein Gewehr mit sich führte und einen silberfarbenen Aluminium-Sheriffstern an der Brusttasche trug. So war auch hier die karnevalistische Hackordnung mit einem Schlag geklärt, Missverständnisse konnten demnach während der fünften Jahreszeit nicht aufkommen.

An der Bürgerhaus-Theke klebte Pfarrer Frank Buschhoven. Eingerahmt von den Tanzmädchen der Jugendgruppe gönnte er sich ein Bierchen nach dem anderen. Den jungen Leuten gegenüber zeigte er sich ebenfalls gewohnt großzügig. Immer wieder prostete der Kirchenmann den verblüfften Damen auf der Bühne zu, während er unten im Saal nun eine Runde nach der anderen schmiss. Er führte wohl wieder irgendetwas im Schilde. Und noch bevor die Sitzungspräsidentin die obligatorische Sitzungspause mit einem lauten Knall aus dem Gewehr ankündigen wollte, torkelte Frank Buschhoven auf die Bühne. Sein Hemd hing aus der Hose, zerknittert fiel es über den Gürtel. Die Versuche, es zurück in die Hose zu zwängen, scheiterten kläglich. Tief Luft holend richtete sich Buschhoven auf, bevor er seine Mütze in weitem Bogen vor der Schönenbacher Damen-Riege zog und zu einer Verbeugung ausholte, die ihn fast aus dem Gleichgewicht gebracht hätte. Dabei nahm Frank Buschhoven in Kauf, dass durch seinen Bückling das Hemd weit nach oben und seine Hose gefährlich tief nach unten rutschte, so weit, bis man im Saal den Ansatz der Gesäßfalte erkennen konnte. Doch damit nicht genug. Nun machte Buschhoven sich daran, das Rednerpult polternd in die Bühnenmitte zu schieben, das Ganze auch noch rückwärts. Kein Wunder, dass der Kirchenmann ein wenig ins Straucheln geriet. Dann aber richtete sich der Priester das Mikrofon (»Test, eins, zwei, drei»), kramte einen Zettel aus der Hosentasche und nahm tief Luft.

»Meine lieben Damen«, setzte er an. »Ich danke Ihnen für die freundliche Einladung zum Schönenbacher Frauen-Karneval, die Sie dieses Mal nicht ausgesprochen haben. Aber es ist mir eine große Ehre, auch in diesem Jahr wieder für die hoch verehrte Frauengemeinschaft in die Bütt zu steigen.«

Totenstille im Saal.

»Dann fangen wir doch einmal an:

Gerdi Geiger, Tollität,
und sein Fraun, komm'n nie zu spät,
bei Tage sie gehn eifrig schobben,
des Abends sie den Pfarrer mobben.
Auch der Paul, der ist so frei,
legt mir rein ein dickes Ei.
In der Bütt er outet sich,
ist das nicht absonderlich?

Schlimmer noch ist Alfred Gockel,
will mich schieben von dem Sockel,
will seh'n mich bald schon in der Klapse,
weil ich gerne trinke von dem Schnapse,
doch diesen Wunsch erfüll' ich nicht,
weil nichts gegen mich ja spricht,

der zwingt mich nicht in die Knie,
hau endlich ab, du Federvieh.«

Immer noch herrschte bedrohliche Stille im Faschingssaal. Endlich machte Buschhoven eine Pause, weil er tüchtig durchatmen musste. Diese Gelegenheit nutzte er, um sich aus der Westentasche seine Pulle zu nehmen. Auch diesmal leerte er das Fläschchen in einem Zug, stieß kräftig auf und fuhr fort:

»Hallo Paul, eh ich's vergess,
morgen les' ich dir die Mess,
Komm zu mir, du linke Sau,
dann hau' ich dir die Fresse blau,
mit so charakterschwachen Schweinen,
kann ich mich nicht mehr vereinen,
erst dachte ich, du bist ein Ass,
dann merkte ich, du säst nur Hass.
Stark ist Paul nur an der Tafel,
mit seinem elenden Geschwafel,
schmeißt er sich an Geiger ran,
damit er's Häuschen bauen kann,
nichts auf der Seite, nichts zu sagen,
außer schimpfen mit den Plagen,
an dieser Masche, lieber Paul,
ist in der Tat 'ne Menge faul,
Komm endlich runter von dem Thron
und sag ›Verzeih!‹ zu meinem Sohn.«

Das war der Moment, in dem Frank Buschhoven nicht nur um Fassung rang. Der Kirchenmann bekam kaum noch Luft. Mit beiden Händen klammerte er sich ans Holzgestell, Krämpfe schüttelten ihn. Bis in die hinterste Reihe sahen dicke Clowns und dünne Clowns, große Häschen, kleine Häschen, fesche Puppen, Vollmaskierte, Engelchen und Teufelchen, wie der Kirchenmann kreidebleich wurde, wankte, kurz nach vorne fiel, mit dem Gesicht vors Mikrofon lief, wie ihm die Mütze vom schwitzenden Kopf rutschte und wie Frank Buschhoven weiter nach Luft schnappte, während durch den Saal allmählich ein leises Raunen ging, er aus der Hosentasche so etwas wie ein Tuch zog, sich damit den Schweiß von der Stirn wischte und es ihm plötzlich hob. Buschhoven erbrach unmittelbar neben dem Rednerpult. Wieder musste der Priester laut husten, er konnte kaum noch atmen. Mühsam hielt er sich weiter bedrohlich schwankend auf den schlotternden Beinen. Buschhoven klapperte mit den Zähnen, ihm ging der kalte Schweiß aus. Dann sahen die Frauen, wie er torkelte, sich mit den Händen am zerknautschten und von Erbrochenem gezeichneten Hemd festhielt, ein paar Schritte rückwärts machte und erneut versuchte, sein Gleichgewicht wieder zu finden. Als es ihm für einen Augenblick gelang, sich aufzurichten und einen Schritt Richtung Rednerpult zu machen, sackte er – wie im Zeitraffer – in sich zusammen. Fast lautlos.

Sieglinde Geiger stand der Schrecken im Gesicht. »So weit hätte es nicht kommen dürfen. Ob wir eine Pause einlegen?« Endlich rief eine Frau. »Ein Arzt, wir brauchen einen Arzt!«

Zweites Vatikanisches Konzil

Pastor Frank Buschhoven lag nun bereits seit einer Woche auf der Intensivstation des Kreiskrankenhauses. Dort hatten ihn die Ärzte in ein künstliches Koma versetzt. Dem Tod war der Kirchenmann nur um ein Haar entronnen. Wenn die DRK-Sanitäter nicht so schnell und beherzt zur Tat geschritten wären, hätte Frank Buschhoven den nächsten Tag nicht mehr erlebt.

Für die Internisten galt es zunächst, Buschhovens Kreislauf zu stabilisieren und seinem Körper Ruhe zu geben. Gleichzeitig wurden alle Vorkehrungen getroffen, um den Kranken auf eine Entziehungskur vorzubereiten. Die Leber und sein Herz waren in Mitleidenschaft gezogen, sein Immunsystem schwach. Doch es kam schlimmer, als die Experten dachten. Pfarrer Frank Buschhoven hatte einen schweren psychischen Schaden davon getragen. In einem Bulletin, das die Ärzte der Bistumsspitze zukommen ließen, schlossen sie »mit an Sicherheit grenzender Wahrscheinlichkeit« aus, dass der Theologe jemals seinen Dienst wieder aufnehmen konnte. Nach langen Beratungen beschlossen die Mediziner, den Kirchenmann nach gründlicher Erstbehandlung in eine geschlossene psychiatrische Klinik überführen zu lassen.

Dort versuchten es die Fachleute, nachdem sich der Kreislauf des Patienten stabilisiert hatte und er wieder leichte Nahrung zu sich nehmen konnte, mit dem Einsatz diverser Antidepressiva. Dabei testeten die Experten zunächst vorwiegend dämpfende, danach depressionslösende und stimmungsaufhellende Medikamente. Hier war ihnen auf die Schnelle jedoch kein Erfolg beschieden. Erst als man es mit einem Medikament versuchte, das als aktivierend und antriebssteigernd galt, schien sich der Zustand Buschhovens zu verbessern.

Doch die Nebenwirkungen dieses Mittels blieben dem Theologen nicht erspart: Der Herzschlag beschleunigte sich, der Blutdruck fiel ab. Hinzu kamen Mundtrockenheit, Sehstörungen sowie Zittern und Schwitzen. Im Fall von Frank Buschhoven hatte das Medikament eine sogar noch viel schwerwiegendere Wirkung: Krampfanfälle suchten ihn heim, das Blutbild veränderte sich eklatant.

Alfred Gockel besuchte seinen Bruder regelmäßig. Den Stuhl rückte er ganz nah an Franks Bett, hielt ihm die Hand. Auf dem Flur hörte er die Schwesternhelferinnen, wie sie das Geschirr vom Mittagessen zum Spülen abräumten. An Franks Zimmer klapperten sie vorbei. »Hier liegt die Sonde«, rief die eine. »Armes Schwein«, stöhnte die Kollegin. Ein Arzt betrat den Raum.

»Wie geht es ihm, Herr Doktor?«, flüsterte Gockel.

»Was für eine Frage. Das sehen Sie doch. Wir müssen mit allem rechnen.«

»Mit allem?«

»Ja, mit allem.«

»Heißt das, er stirbt?«

»Weiß ich nicht. Alles schon da gewesen.«

»Dieser Alkohol. Ich glaube, er hat sich um den Verstand gesoffen. Kann das sein?«

»Wie gesagt. Alles ist möglich.«

»Sehen Sie: Er öffnet die Augen, Herr Doktor.«

»Wen hast du denn da mitgebracht?«

»Er spricht, Herr Doktor.«

»Endlich wieder auf den Beinen, Gott sei Dank wieder zu Hause. Der schöne Pfarrgarten«, lächelte Frank.

»Herr Doktor. Hören Sie das?«

»Lassen Sie ihn.«

»Paula, wie geht es dir? Komm, gib mir einen Kuss. Nein? Nun gut, dann vielleicht später.«

»Er ist mit den Nerven fertig.«

»Was Sie nicht sagen.«

»Ich werde dann schon einmal den Baumstamm schütteln. Aha. Da oben sitzt er ja, der Bösewicht. Paule. Paule Frei. Korrigiert Mathematikarbeiten. Hallo Paul, komm runter, alles wieder gut. Schütteln, schütteln, schütteln«, grunzte Frank Buschhoven. »Werde dich schon kriegen. Böser Paul, böser Baum. Der Stamm lässt sich ja nicht bewegen. Keinen Millimeter. Petra, du auch? Hört auf zu lachen, ihr da oben«, schimpfte der Kirchenmann. »Warum spuckst ihr mir auf den Kopf? Mein Gesicht ist schon ganz nass. Ich krieg doch keine Luft mehr.«

»Mein Gott«, entfuhr es Gockel.

»Von dieser Sorte haben wir sie hier gleich im Dutzend«, erklärte der Arzt.

»Na also. Da kommen sie ja. Hallo Paula, hallo Klaas, mein Kleiner. Warum hast du so einen großen Kopf? Bis du krank? Ach wie schön: Alfred Gockel, Peter Geiger, Henning Gerhard, Tim Fischer; alle sind sie da. Schön, dass ihr mich begrüßt. Nicht rennen, nicht spucken. Die Tritte tun mir weh. Nein, keine Schläge. Paula, lass den Kleinen los. Nicht so an den Haaren zerren, nicht so feste dagegen stoßen. Die schöne Marienstatue. Sie ist schon voller Blut. Keine Nägel, keine Nägel. Da liegt er nun, der kleine Kerl. Bewegt sich nicht mehr. Ist er tot? Was macht er hier, auf dem Altar? So leblos. Blutet immer noch. Aus dem Mund und aus dem Näschen. Wird schon wieder gut. Hört auf zu schreien«, lallte Frank und jammerte: »Das halte ich nicht aus. Paula, Klara,

Ferdinand, Paul, Alfred: Hört auf. Ich kann nichts dafür. Nein, ich bin nicht schuldig, ich habe nicht versagt. Ich weiß es besser, weg mit dem Schnaps, ich kriege keine Luft mehr, ich ersaufe.«

Alfred Gockel begann zu beten. »Gegrüßet seist du Maria, voller Gnaden ...«

»Endlich, mein Pfarrhaus. Mein St. Marien. Mein Arbeitszimmer. Guten Tag Frau Ziebig. Was für eine schöne Tasche. Alles für mich? Nur für mich? Wie nett. Wäre wirklich nicht nötig gewesen. Komme schon alleine klar. Müssen mehr an sich denken. Soll ich sie öffnen, die schöne Tasche? So viel Geld, nur für mich? Fühlt sich seltsam an. Maden, alles nur Maden. Nicht lachen, nicht so laut. Sehen Sie, Frau Ziebig, wie sie wachsen, diese Monster. Sie werden immer größer. Lasst mich los. Ich bekomme doch keine Luft mehr. Geht weg von meinem Gesicht. Ihr sollt mich nicht beißen. Frau Ziebig, was machen Sie denn da? Nicht in den Mund stopfen, nein, ich mag das nicht. Gehen sie in den Beichtstuhl, da wartet Alfred Gockel. Er nimmt die Tasche, er nimmt alles.«

»... der Herr sei mit dir.« Gockel unterbrach sein Gebet. »Wie hat er das gemeint?«, fragt er. Doch der Arzt hatte den Raum schon verlassen.

Einige Wochen später waren selbst zur Überraschung der Ärzte erste Fortschritte zu erkennen. Zumindest konnte Frank Buschhoven wieder gehen. Die Ärzte ließen den Besuch von Paula Brandt zu. Zuvor hatte auch sie etliche Male an Buschhovens Bett gesessen und ihm die Hand gehalten. Ob Frank sie erkannt hatte, wusste sie nicht. Seine Reaktionen waren jedenfalls kaum vernehmbar. Er stammelte und stöhnte nur, manchmal wie ein Tier. Paula glaubte immer, er versuche etwas zu sagen. Doch aus keinem einzigen Laut wurde sie schlau. Alles, was sie tun konnte, war seine Hand zu halten.

Im Besucherraum der psychiatrischen Anstalt nahm Paula Brandt an einem blanken, weißen Tisch Platz. Ein Pfleger führte einen Mann ins Zimmer. Paula war schockiert: Nichts war übrig geblieben von der Vitalität des Frank Buschhoven, die ihn immer so geprägt hatte. Aus dem muskulösen Kerl mit den klaren Augen war eine dürre Gestalt geworden mit aufgedunsenem Gesicht, dessen Ausdruck innere Leere verriet. Alkoholexzesse und Psychopharmaka hatten ihre Spuren hinterlassen. Buschhovens Hände zitterten. Die Lippen waren aufgesprungen, der Bart wucherte. Frank roch nach Urin.

»Hallo, Frank. Wie geht es dir?«, flüsterte Paula Brandt. Die Hand, die sie ihm – wenn auch zurückhaltend – reichen wollte, beachtete der Kirchenmann nicht.

Stattdessen stammelte er starr: »Ja, ja, meine Kleine. Davon verstehst du nichts. Oder doch?«

»Was meinst Du, Frank?«

»Die Konstitution über die Kirche wird die Gemeinde endlich reformieren. Da bin ich mir doch inzwischen sicher. Hier geht es um die kollegiale Verantwortung aller Bischöfe für die gesamte Kirche. Stellen Sie sich nur vor, gnädige Frau: Das verändert die Welt. Reformen wie diese brauchen wir, da sind wir im Vatikan schon längst alle einer Meinung. Mein Gott, wird das Pfarrheim schön. Das muss ich schon sagen. Wir sollten heute Abend einmal zusammen hingehen. Die jungen Leute sind sicher wieder bei der Arbeit. Sie sind ja so hilfreich und nett. Allerdings: Ich werde auch Beobachter orthodoxer und protestantischer Kirchen einladen. Hier geht es um die Pastoral weltweit. Die Einheit und Einheitlichkeit muss den gesamten Globus umfassen. Was macht Klaas eigentlich? Geht es ihm gut, warum hast du ihn nicht mitgebracht? Aber wir dürfen auch nicht vergessen, dass sich die Rolle der Laien in der katholischen Kirche verändern wird. Hinzu kommt die Reform der Liturgie. Und Klara Ziebig. Schön, dass sie gesund ist. Außerdem wird die Kirche endlich allen Hass, Verfolgungen und jegliche Form von Antisemitismus, die Juden jemals erleiden mussten, beklagen. Mein Gott, wird das Pfarrheim schön. Wir sollten sofort hingehen. Allerdings muss das formulierte Ziel die Erneuerung der katholischen Kirche sowie die Eintracht der Christen sein.«

Paula war entsetzt: »Aber Frank. Wahrscheinlich hast du ja recht. Mit allem, was du sagst, sogar. Aber wir können nicht zur Baustelle gehen. Vielleicht später.«

Doch der Kirchenmann ließ sich nicht beirren: »Und dennoch sage ich Ihnen, gnädige Frau: Die innere Erneuerung der katholischen Kirche ist nicht mehr aufzuhalten. Meine Botschaft ist eindeutig und unumstößlich. Die Reform der Reformen. Die Revolution steht bevor, der Beginn einer neuen Welt. Aber du glaubst ja gar nicht, liebe Paula, wie leid mir die Sache mit Alfs Autounfall tut. Dass ausgerechnet ihm so etwas passieren musste, nicht wahr, gnädige Frau? Ich halte es da mit meinem alten Freund Albert Camus. Er vertritt die Auffassung, dass jeder, der sich ernsthaft mit dem Problem Moral beschäftigt, im Extremen endet. Jedenfalls ist klar erkennbar, dass das Problem der Moral nichts ist als Blut, Wahnsinn und Schreie. Also, Paula. Wir können gehen. In einer halben Stunde beginnt die Vorabendmesse. Die Leute warten schon auf uns. Heute werde ich übrigens über kirchliche Moral predigen. Und auch Klaas gegenüber werde ich das zweite Vatikanische Konzil nicht unberücksichtigt lassen. Lass die Glocken läuten. Es geht los.«

Mit einem vorsichtigen Handzeichen machte Paula dem Pfleger klar, dass sie das Gespräch beenden wollte. Sie stand auf, ging geduckt auf Frank zu, um ihm die Hand zu geben. Doch der Pfleger war schon da und packte den Priester fest am Arm.

»Auf Wiedersehen, Frank«, rief Paula Brandt.

»Hat mich gefreut, gnädige Frau. Denken Sie gründlich nach über das zweite Vatikanische Konzil, das sage ich Ihnen als ihr Pontifex. Und glauben Sie mir: Es geht hier auch um Stellungnahmen zur Lage der Menschheit auf der Welt, zur Politik sowie um Krieg und Frieden. Die Liturgie setzt sich außerdem in aller Form für eine aktivere Rolle der Gemeindemitglieder bei der heiligen Messe ein!«, raunzte Buschhoven der Flüchtenden in den Flur hinein nach.

Klara nimmt Abschied

Als das wirkliche Ausmaß der Krankheit des Seelsorgers offiziell bekannt wurde, bestand auf theologischem Parkett endgültig Handlungsbedarf. Jetzt mussten Entscheidungen her. Wie in der Pfarrgemeinde nicht anders erwartet, wählten die Priester des Dekanats Alfred Gockel zu ihrem neuen Dechanten. Doch nicht nur das: Der Bischof verfügte außerdem, dass Gockel auch die Pfarrei – allerdings zunächst nur übergangsweise – zu übernehmen habe. Den Dienst an seiner angestammten Wirkungsstätte im Nachbarort musste Alfred Gockel gleichzeitig weiterführen. Der akute Priestermangel ließ keine andere Lösung zu.

Freitagmorgen, kurz nach acht Uhr. Bewölkter Himmel, nur fünf Grad Celsius. Klara Ziebig war auf dem Weg zu ihrer Friedhofsbank. Ihre Einkaufstasche war wie gewohnt prall gefüllt. Obwohl auf der Schönenbacher Pfarrheimbaustelle seit einigen Wochen kein einziger Handwerker mehr gesehen wurde, gab Klara die Hoffnung nicht auf. Wegen der unklaren Lage nach der Erkrankung von Pastor Frank Buschhoven hatte die Kreisverwaltung einen Baustopp verfügt. Sicherheitsgründe zwangen die Verantwortlichen der Bauabteilung zu diesem Schritt. Immer wieder tobten Kinder auf dem Gelände herum, warfen Steine ins Haus oder beschmierten die Wände mit Farbe. Große, eiserne Bauzäune riegelten das Gebäude nun komplett ab, zusätzliche Schilder wiesen auf Gefahren hin und verboten, das Areal zu betreten.

Bis mindestens zehn Uhr hielt es Klara Ziebig auf der Bank stets aus in der Erwartung, dass irgendwann doch wieder ein Baufahrzeug vorführe oder die vertrauten Handwerkergeräusche hörbar würden. Auch an diesem Morgen legte Klara sich eine Wolldecke um die Beine, denn es war empfindlich kalt geworden in den vergangenen Tagen. Stricken konnte sie jetzt nur noch in Etappen, weil ihre Hände zu schnell abkühlten. Immer wieder kramte sie ihre Thermosflasche aus der Tasche und schüttete sich heißen Kaffee ein. Mit beiden Händen umfasste sie die Tasse und nahm einen kleinen Schluck. Das half!

Doch auch an diesem Morgen tat sich nichts. Halt das Übliche. Ein paar Passanten gingen an Klara vorbei, darunter etliche Schulkinder. Die meisten Leute grüßten sie freundlich. Schließlich sah man sich fast jeden Tag. Einige andere begannen schon während des Vorübergehens zu tuscheln, schauten dann kichernd zurück und spotteten weiter. Hin und wieder wurde sie auch Klara Klapse genannt.

Als die alte Dame an diesem Vormittag das Geräusch eines Lastwagens vernahm, sprang sie auf. »Endlich, et geht weiter. Oh, lieber Gott, ich danke dir. Maria hat geholfen! Ich komm heut Mittach in de Kirsch und zünd zehn Kerzen auf einmal an«, rief Klara mit warmer Stimme in den kühlen Morgen hinein. In der Tat näherte sich ein großer Wagen mit Firmenaufschrift, die Klara auf die Entfernung aber noch nicht lesen konnte. Doch statt am Pfarrheim anzuhalten, rauschte der Wagen, der zuvor am Pfarrhaus gestanden haben musste, weiter, nur wenige Meter an Klaras Bank vorbei. Erst jetzt erkannte sie, dass es das Fahrzeug einer Möbelspedition war. Also setzte sich die alte Dame wieder hin, wickelte die Decke um die Beine und strickte weiter. Wieder nichts. Fehlanzeige.

Nur etwa eine Viertelstunde später hörte Klara das nächste Motorengeräusch. Diesmal fuhr ein Taxi an Klaras Bank vorüber. Darin saßen Paula und Klaas Brandt. Sie starrten geradeaus. Die beiden hatten dem Pfarrhaus St. Marien den Rücken gekehrt.

Klara Ziebig schaute dem Auto hinterher. »Dat kann doch gar net sein.« Einen kurzen Augenblick glaubte sie, sich vielleicht geirrt zu haben. Doch bereits nach einigen Sekunden war sie sich darüber im Klaren, dass hier alles zusammenpasste und im Pfarrheim St. Marien ebenso schwerwiegende wie endgültige Entscheidungen getroffen worden waren.

Die alte Frau kauerte sich auf die Bank und senkte den Kopf. Tränen bahnten sich den Weg. Der Himmel über ihr zog sich zu, presste die Gefühle wie einen Knoten in die Seele hinein. Klara richtete sich auf. Sie stapfte los. Kleine, müde Schritte. Schluchzend erreichte sie die Kirche. Der Ort, an dem es sich am besten weinen ließ.

Auf der Bank erinnerten jetzt nur noch die Wolldecke und eine angebissene Stulle an Klaras letzten Besuch an der Pfarrheimbaustelle. Sie kehrte nie mehr dorthin zurück.

Die Genesung

In der Psychiatrie bemühten die Ärzte sich weiterhin mit Nachdruck, die Krankheit des Kirchen-Patienten in den Griff zu bekommen. In kleinen Intervallen machte Frank Buschhoven tatsächlich Fortschritte. Die Experten brachten ein Medikament in Erfahrung, mit dessen Hilfe der Priester wieder langsam zu sich selbst finden konnte. Parallel zu der medikamentösen Behandlung unterzog sich Buschhoven einer Gesprächstherapie. Nach vier Monaten entließen ihn die Ärzte aus der Klinik.

Für den Theologen war draußen so weit alles hergerichtet. Die Diözese hatte Frank Buschhoven ein kleines Zimmer in einer älteren kirchlichen Liegenschaft, rund 30 Kilometer von seiner früheren Wirkungsstätte entfernt, zur Verfügung gestellt. Diese Einrichtung diente als auslaufendes Altenheim. Dort wirkten noch ein paar Ordensschwestern, die sich nicht nur um die alten Leute kümmerten, sondern auch die Küche betreuten, für Sauberkeit und Ordnung sorgten sowie die kleine Verwaltung des Hauses unter sich hatten. Die Tage dieses Altenheims waren gleichwohl gezählt. Schon seit zwei Jahren nahm man im Marienstift keine neuen Alten mehr auf, weil sich das Heim in dieser Form nicht mehr rentierte. Ein Um- oder Neubau kam nicht in Betracht. Auch im Bistum musste man rechnen.

Mit ein paar Habseligkeiten machte es sich Frank Buschhoven in seinem Zimmer so gemütlich wie möglich. Enge und Mief störten ihn kaum. Auf dem schmächtigen Sekretär platzierte er ein Foto, das Paula und Klaas im Pfarrgarten zeigte. Ein stählernes Kruzifix, das er von seinem Freund, dem evangelischen

Pfarrer seiner Heimatstadt, anlässlich der Priesterweihe erhalten hatte, nagelte er über das Bett. Das Zittern seiner Hände hatte deutlich nachgelassen. Wäsche, Bücher und andere persönliche Dinge für den Alltag hatte man ihm bringen lassen. Für Unterbringung und Verpflegung kam die Kirche auf.

In der Eifelgemeinde lief alles wie am Schnürchen. Interims-Pfarrer Alfred Gockel engagierte sich für die Pfarrei St. Marien fast mehr als für seine Stammpfarre im Nachbarort. Bis auf die Tatsache, dass kaum noch junge Leute in den Gottesdiensten zu sehen waren, gab es auf den ersten Blick kaum Veränderungen. Allerdings fiel auf, dass sich auf der Pfarrheimbaustelle wieder einiges tat. Man glaubte es kaum: Hier rückten eines Tages wieder Handwerker an. Die vor ein paar Monaten neu errichteten Wände im Innern des Hauses rissen sie wieder ein und sorgten auf Geheiß von Vakanzpfarrer Gockel damit für eine neue Aufteilung. Der Umbau wurde umgebaut. Mit einem großzügigen Darlehen der K+I-Bank sowie einer satten Privatspende von Peter Geiger ließen sich Gockels Vorstellungen leicht in die Tat umsetzen: Im Erdgeschoss schaffte er einen neuen großen Saal und ließ – wie von Buschhoven bereits begonnen – die sanitären Anlagen renovieren. Im Obergeschoss schaffte der Theologe – immer in enger Absprache mit Bankchef Geiger – eine kleine Bibliothek und vollendete den Umbau des bislang maroden kleinen Sitzungssaals für den Pfarrgemeinderat. Den ursprünglich als Jugendraum vorgesehenen Trakt ließ Alfred Gockel um das doppelte der Fläche vergrößern und schaffte so ein neues, ansprechendes Domizil für den Strickkreis. Außerdem sollte dort nun auch genügend Platz sein für das Büro von Sieglinde Geiger-Degenhardt, der fortan keine von den alten Damen fabrizierte Masche mehr entgehen sollte.

Von ihrem Schreibtisch aus würde sie alles bestens im Blick behalten.

Die Rede anlässlich der feierlichen Einweihung des renovierten Pfarrheims hielt Peter Geiger. Zunächst dankte er Alfred Gockel für das zuvor zelebrierte Festhochamt. Danach kam er, am Rednerpult mit anerkennendem Beifall begrüßt, auf die »langwierige Bauphase« zu sprechen.

»Liebe Mitglieder der Pfarrei St. Marien. Endlich ist es soweit. Nach mehr als zweijähriger Bauzeit können wir heute gemeinsam unser neu renoviertes Pfarrheim seiner Bestimmung übergeben. Mit Hilfe vieler fleißiger Handwerker ist es uns gelungen, die schon seit langem notwendigen Baumaßnahmen durchzuführen. Dank des Einsatzes von Pastor Alfred Gockel kann unser Ort heute stolz sein auf dieses Haus, das schon morgen mit Leben erfüllt sein wird. Ich bedanke mich bei den Verantwortlichen des Bistums für die unbürokratische Unterstützung in der Planungsphase. Auch ich, meine sehr verehrten Damen und Herren, bin in dieser Stunde der Einweihung mit Stolz erfüllt, weil ich und die Bank meines Bruders mit der Vollendung dieses Projekts einen bescheidenen Beitrag zur sozialen Infrastruktur unseres schönen Dorfes leisten durften.«

Peter Geiger musste kurz inne halten, um ein paar Tränen aus den Augenwinkeln zu wischen und um sich die Nase zu putzen. Dann überreichte Peter Geiger dem Vakanztheologen Alfred Gockel den Symbolschlüssel zum Einzug unter dem dankbaren Applaus der Festgäste.

Nun trat Alfred Gockel ans Mikrofon.

»Eins, zwei, pf ... pf ..., lieber Herr Direktor Geiger, liebe Gläubiger. Gockel lächelte bescheiden (sollte wohl nur ein kleiner Scherz sein). Entschuldigung, liebe Gläubige, natürlich! Ich will an dieser Stelle keine große Rede halten. Meinen Teil aus christlicher Sicht habe ich vor einer halben Stunde in der Predigt bereits gesagt. Ich möchte hier nur meinen persönlichen Dank und den Dank meiner momentan anvertrauten Seelsorgeeinheit aussprechen an Sie, verehrter Herr Geiger: für Ihre Großzügigkeit, für das Einbringen Ihrer Kompetenz und nicht zuletzt für Ihre Nächstenliebe zum Wohle der Menschen der Pfarrgemeinde. Ihr Einsatz in den vergangenen Wochen und Monaten war beispielgebend und sollte als Vorbild gelten, für alle Seelen, die in diesem Dorf und im weiten Umkreis leben.«

Sieglinde Geiger-Degenhardt begann zu klatschen, allmählich folgten ihr die anderen, während der Gatte verschämt in der Hosentasche nestelte und zu Boden schaute, als habe er nichts gehört.

»Ja. Genau, das ist durchaus einen Applaus wert«, fuhr Alfred Gockel fort, während er nun selbst mit der rechten Hand zum Klatschen auf sein Redemanuskript eindrosch.

»So möchte ich Sie nun alle, liebe Mitchristen, nicht noch länger auf die Folter spannen und – bevor ich zur Einsegnung dieses schönen Hauses komme – mitteilen: In seiner letzten Sitzung hat der Pfarrgemeinderat Schönenbach einstimmig beschlossen, unserem neuen Heim den Namen Peter-Geiger-Haus zu geben. Im Namen der Kirchengemeinde darf ich Sie, verehrter Herr Geiger, dazu herzlich beglückwünschen. Ich hoffe, die Überraschung ist uns gelungen!«

Nachdem Peter Geiger und Alfred Gockel sich aus der Umarmung gelöst hatten, schritt der Geistliche zur Einsegnung. Gleichzeitig kamen Henning Gerhard und Paul Frei hinzu, um noch schnell das Emaille-Schild mit der Aufschrift »Peter-Geiger-Haus« in die vorgedübelten Löcher zu schrauben. Nun begann der Umtrunk.

Nebel

Ein kühler November-Morgen. Nebel, der einen nur schwer atmen ließ, schloss das alte Marienstift hermetisch ab. Der vertraute Blick auf die Kastanien, deren Äste bis ans Fenster des ersten Obergeschosses heranreichten, war getrübt. Die meisten Blätter lagen auf der Wiese, hatten sich zu einem bunten Teppich vereint. In diesem Jahr hatten die Bäume wieder viele Früchte getragen. Die Kinder des Dorfs waren deshalb oft vor dem Haus, um die Kastanien aufzulesen, in Tüten und Kartons zu füllen und sie zum Basteln mit nach Hause zu nehmen. Oft schauten sie mit großen, suchenden Augen nach oben, wo sie in den Kronen weitere in der harten, igeligen Schale eingeschlossene Früchte entdeckten. Etliche Male lief Frank Buschhoven dann hinunter, suchte den Kindern einen Stock, den sie hoch ins Geäst katapultierten. Immer wieder hatte der Priester den Dorfnachwuchs beschworen, kurz nach dem Wurf rasch das Weite zu suchen, damit sie vom herab trudelnden Stecken nicht getroffen oder gar verletzt würden. Diesen Rat zu befolgen, fiel den Kindern nicht immer leicht. Doch auch, wenn der Stock sie am Arm berührte oder dicht neben ihnen auf der Wiese nieder ging, lächelte der Priester zustimmend. Die Kinder hatten jedenfalls einen Heidenspaß. Genau so wie Frank Buschhoven, der sich ebenfalls über die reiche Ernte freute. Die Ordenschwestern schauten dem munteren Treiben stets interessiert und wohlwollend zu.

Inzwischen war die Ernte komplett eingefahren. Heute würden keine Kinder kommen, es würde ruhig bleiben um das Marienstift herum. Frank Buschhoven saß auf einem Stuhl am Fenster, und betrachtete das Bild, das Paula und Klaas zeigte. Es gelang ihm nur mühsam, seine Gedanken zu ordnen. Wo mögen die beiden jetzt wohl sein? Klaas in der Schule, Paula bei der Arbeit? Oder zusammen mit einem anderen Mann? Wie mag es jetzt wohl in Schönenbach aussehen? Ob das Eifeldorf zu dieser Zeit auch im Nebel lag?

Frank Buschhoven ging ins Bad. Er drehte am Lichtschalter: rechts herum, links klemmt. Stromleitung über Putz: zwanzig Mal drüber tapeziert, mindestens. Nackte Glühbirne in der Fassung: Fliegendreck, schwaches Licht, kein Fenster. Alte Tapete: hell-beige mit dunkel-beigen Streifen, vertikal, streckt den Raum. Fliesen: auch beige, Wasserflecken. Fugen: porös, schwarz, Schimmelpilz. Klosettschüssel: in der Ecke, ohne Sitz, verschmutzt, Kotreste, Urinspritzer, Härchen. Daneben Klobürste: zerzaust, braune Brühe am Fuß der Halterung, bis zum Rand. Buschhoven barfuß: auf Holzdielen, braun, kalt, gebohnert, vielleicht vor drei Jahren. Rasur: nass, oberflächlich, keine ruhige Hand mehr, getrübter Blick, kleine Stoppelfelder, rote Flecken, müde Haut. Eingefallene Augen: links rot unterlaufen. Augenbrauen: buschig. Kämmt die Haare: fettig, lang, zu lang, bis über die Ohren, strähnig. Großes Waschbecken: Keramik, alte Ausführung, Wasser kalt, Haare im Ausguss, Seifenreste, Schmutzpartikel, grauer Film, Hände waschen, zittern, Wasserablauf zögernd. Fingernägel: Überlänge, Schmutz darunter. Zahnbürste: geschundene Borsten. Wasserglas: Rotweinspuren. Dunkles Jackett: abgenutzt, verschwitzt, Schuppen auf Schulter, Abertausende. Dunkle Hose: abgenutzt, am Gesäß, hell glänzend, Schmutzfilm. In den Spiegel schauen: Zunge heraus strecken, pelzig, weiß belegt. Schmale Lippen: aufgesprungen, Mundwinkel, getrocknetes Blut, maiskorngroß, Herpes. Hals: gerötet, Kratzspuren, unruhiger Schlaf. Kehrtwende: Licht aus, rausgehen, torkelnd. In der Stube: Turnschuhe an, weiß, neu, zwei Streifen, schwarz, Aldi. Geldbeutel: Gesäßtasche. Rausgehen. Bushaltestelle: »Schönenbach, bitte.«

In Schönenbach führte der erste Weg in die Kirche. Die schmächtige Schulter musste helfen, das gewaltige Eichenportal zu öffnen und das tonnenschwere Stück danach zurück ins Schloss zu stemmen. Frank stakste Richtung rechtes Seitenschiff, dorthin, wo sich die Männerseite befand. Unter dem ersten großen Gewölbebogen blieb er stehen, tunkte die Finger ins Weihwasserbecken und bekreuzigte sich. In der Mariengrotte leuchteten Tausende von Teelichtern, die die Gläubigen der Gemeinde zu Füßen der Madonna in Position gebracht hatten. Auch Frank Buschhoven zündete eine Kerze an und schob sie zu den anderen. Er setzte sich in die Bank und faltete die Hände. Kein Laut, kein Mensch weit und breit. Frank betete.

Der Weg zum Pfarrheim war nicht weit. Nach wenigen Sekunden schon tauchte Frank ein in die schmale Gasse, die aussah aus wie immer zu dieser Jahreszeit. Obwohl die Bäume ihre Blätter abgeschüttelt hatten, als wären sie ihnen lästig geworden, hielten klobiges Geäst und turmhohe Häuserfassaden die Sonne davon ab, sich blicken zu lassen. Auf dem feuchten, buntscheckigen Laub lief es sich wie auf einem Teppich, den nun auch ein paar Halbwüchsige betraten, die auf dem Weg zur Schule waren. »Bist wohl aus der Klapse abgehauen, Alter.«

Frank schritt weiter, unbeirrt aber behutsam wie auf einem kostbaren Gobelin, den es zu schonen gelte. Er schlich vorbei an der Buchenhecke, die den Pfarrhausgarten immer noch ebenso stolz wie schützend abschirmte, sah von dort den

Friedhof. Auf dem Mauervorsprung aus brösligem Beton nahm Frank Platz. Er war am Ziel. Sein Blick galt der leuchtend weißen Fassade des Pfarrheims, die ihm ein seelenfrohes Lächeln abrang. Seine Augen besichtigten nun die neuen Fenster, die stattliche Eingangstür, die frische Farbe, das schützende Dach und die mit Heide bepflanzten Blumenkübel, welche die Gebäudefront schmückten. »Gut, dass es vollendet ist«, flüsterte Frank, während sein Blick auf dem Schild aus Emaille stoppte: »Peter-Geiger-Haus/Pfarrheim der katholischen Pfarrgemeinde St. Marien.«

Arbeit, Frust und Schweiß. Geldsorgen, Bankverhandlungen, Beichtstuhl, Aldi-Tüte. Junge Leute, Saufgelage. Glaube, Hoffnung, Liebe. Sein Auswurf platschte auf die Scherben eines Sektglases, das die Feier nicht heil überstanden hatte. Und als seine Augen keine Tränen mehr besaßen, raffte er sich auf und torkelte zurück zur Bushaltestelle.

Im Heim erwartete ihn die Tageszeitung. Gleich mehrfach las er den Artikel von der Pfarrheim-Einweihung, die am Wochenende stattgefunden hatte. »Die Normalität kehrt heim – Peter-Geiger-Haus offiziell eröffnet – Dechant Gockel dankt Sponsoren und Initiatoren.« Als wollten sie ihn verfolgen, hüpften die Buchstaben ihm hinterher, während er sich in den modrigen Keller schlich, wo die Ordensfrauen ihren Wein lagerten. In Ermangelung eines Korkenziehers gelang es ihm irgendwie, den Korken mit Hilfe eines Löffelstiels in die Flasche hineinzurammen. Das Wasserglas schüttete er voll bis zum Rand, sog mit geschlossenen Augen und weiten Nasenflügeln das fruchtig-würzige Bouquet ein, während seine Hand bebend zugriff, um den Domaine de la Charité in die Spüle zu kippen.

In seinem Brief an Peter Geiger sparte er nicht mit deftigem Vokabular. Den großherzigen Pfarrheimsanierer nebst Bruder bezeichnete der Kirchenmann als »Ober-Mobber». Außerdem nannte er den Bankier einen »falschen Fünfziger«, der sich durch abgrundtiefe Heuchelei wohl einen Platz im Himmel erkaufen wolle. »Jesus lebt«, schrieb der Theologe, eine Gewissheit, die ihn mit aller Gelassenheit in die Zukunft sehen lasse. Und weil dem so sei, werde der sich am Jüngsten Tag all die Heuchler schnappen, die Frieden vorgäben, während sie Krieg führten. Dieser Kurs, teilte Buschhoven dem Banker mit, sei durchschaubar und werde durchkreuzt. Irgendwann. Auch er, Buschhoven, sei nicht der »fromme Typ«, wie sich ihn die meisten Menschen wünschten. Aber: Aufrichtig sei er. Das zähle schlussendlich. Wasser predigen und Wein trinken; nein, dies sei nicht sein Ding.

Einige Tage später bekam Frank Buschhoven Besuch. Paula Brandt sah blendend aus. Sie trug einen knielangen Rock, eine eng anliegende Streifenbluse, darüber einen beigefarbenen Blazer. Die Haare waren kunstvoll hochgesteckt, zierliche Spangen und feine Nadeln hielten das grazile Werk und funkelten bei jeder Bewegung fröhlich im Licht. Die Oberin hatte die Frau in Franks Zimmer geführt, wo Kuchen und Kaffee bereitstanden.

»Ich hatte schon nicht mehr daran geglaubt. Aber ich werde die Kurve wohl doch noch kriegen«, erzählte Frank. »Die Zeit in der Psychiatrie kommt mir heute wie ein böser Traum vor. Das war übel, alles war so übel. Doch die Welt ist noch da, sie beginnt sich schon wieder zu drehen. Und ich bin dabei, neu denken zu lernen und mich auf dem Globus zurechtzufinden.«

»Das freut mich, Frank«, lächelte Paula. »Ich weiß, dass du stark bist.«

»Ja. Die Kräfte kommen wieder. Das Ende der Therapie ist absehbar. Ich warte eigentlich nur noch darauf, an einem anderen Ort – am besten weit weg von hier – eine neue Pfarrstelle oder etwas anderes zu bekommen. Ich bin schon wieder dabei, Pläne zu schmieden«, lachte Frank.

Den Blick immer fest auf Paula gerichtet, malte der Priester Bilder in warmen Farben: von einem flauschigen Ort, von ausgedehnten Spaziergängen zu dritt, vom Klavierunterricht, den Klaas bekommen solle, und von einem Leben, das bereit sei, sie als Familie zu respektieren.

Auch Paula Brandt erzählte: von ihrem Auszug aus dem Pfarrhaus; von Klaas, dem es inzwischen wieder wirklich gut gehe, der ein prima Schüler sei und wieder mit Freude Fußball spiele. Sie erzählte auch von langen, schlaflosen Nächten, einer ausgedehnten ärztlichen Behandlung nach einem Nervenzusammenbruch sowie von ihrem neuen Leben als Rezeptionschefin in einem großen Hotel.

»Frank, ich denke es wäre im Moment noch nicht so gut, wenn Klaas dich sehen würde. Gib ihm Zeit«, bat Paula und nahm seine Hand. »Ich will ganz offen zu dir sein, Frank. Es hat sich viel geändert. Es gibt auch einen neuen Mann in meinem Leben. So konnte es einfach nicht weiter gehen. Ich brauchte einen Neubeginn, nicht nur für mich. Auch für Klaas. Ich glaube, es ist für uns alle das Beste. Auch du wirst deinen Weg gehen. Du bist dazu noch nicht zu alt. Und du hast Kraft. Viel Kraft. Das weiß ich ganz genau. Und wenn ich kann und darf, werde ich dir dabei helfen. Glaube mir.«

Warum

Der Abend war längst hereingebrochen, als Paula Brandt vom Sofa aufstand, der Ofenglut noch einen letzten Scheit verabreichte und sich neben ihren Sohn vor den Sessel kauerte. Ihren Kopf stützte sie an seiner Schulter.

»Wie hat er reagiert, als du ihm sagtest, dass du einen anderen Mann hast?«, wollte Klaas wissen.

»Er war betroffen. Ja, das kann man so sagen. Aber er brach nicht zusammen. Er sagte, dass er meine Entscheidung respektieren müsse. Als ich das Heim verließ, gab er mir einen Kuss, bat mich, dich zu grüßen und ging zurück in sein Zimmer.«

Paula Brandt schlug das Tagebuch wieder auf:

Ich war mir schnell im Klaren darüber, dass mir meine Wutpredigt das Genick gebrochen hatte. Wie ein dummer Junge hatte ich die Sache angepackt. Schon wenige Stunden danach war ich in meinem Innersten davon überzeugt, dass ich an jenem Morgen den gröbsten Fehler meines Lebens gemacht hatte. Statt mir selbst etwas mehr Zeit zu geben zum Überlegen, zum Nachdenken, zum beratenden Gespräch mit einem guten Freund; nein, ich musste einfach drauflosprügeln. Bloß nicht larmoyant erscheinen. Vor niemandem, besonders nicht vor Paula und Klaas. Im Vordergrund stand nur, es all den Heuchlern einmal richtig zu geben.

Dabei wusste ich genau, dass im Kirchenschiff nicht nur Menschen vom Schlage der Geigers, Freis und Gerhards saßen. Es waren auch die vielen Stillen dabei, die immer wieder in den Gottesdienst kamen und mir nie im Leben Probleme bereitet hätten. Das waren die Duldsamen, die Verständnisvollen, von denen es mit Sicherheit mehr gab, als ich mir seinerzeit eingestehen wollte. In meiner grenzenlosen Ohnmacht hatte ich pauschaliert, war nicht mehr fähig, gut und böse, tolerant und intolerant, lieben und hassen auseinander zu halten. Ich wusste ganz genau, dass es nur eine Handvoll Leute waren, die es auf mich abgesehen hatten; wahrscheinlich sogar nur zum Spaß oder weil diese Sorte einfach nur jemanden brauchte, den sie jagen konnte.

Und die anderen? Die große Menge? Die stand zu mir. Natürlich hatte ich mich auch über die geärgert, die schwiegen. Sie hatten mir sogar empfindlich weh getan. Dass man mir daraufhin im Bistum die Stelzen beschlagen würde, ja beschlagen musste, allein um die Form nach außen hin zu wahren, war abzusehen.

Dabei hätte es für mich wirklich andere Möglichkeiten gegeben: Der Versuch einer wirklichen Aussprache mit Paul Frei zum Beispiel, der danach vielleicht auf seine Karnevalsansprache verzichtet hätte. Ein offenes Gespräch beim Bischof, der mich ja immerhin nicht von Paula und Klaas getrennt hatte. Die Bitte um eine Versetzung, um einen Neuanfang. Natürlich hätte ich mich in meiner Predigt auch insgesamt differenzierter ausdrücken und meinen Frust nur am Tisch mit den Betroffenen und zusammen mit mir wohlgesonnenen Zeugen in aller Deutlichkeit zum Ausdruck bringen können.

Trotzdem weiß ich nicht, ob ich allein schuldig bin an dem, was passiert ist. Nicht nur mit mir. Besonders mit Paula und Klaas, deren Leben eine ebenso unvorhergesehene wie dramatische Wende nahm. Ich habe mich von lediglich einem halben Dutzend Menschen ins Bockshorn jagen lassen.

Mit den meisten Menschen übereinzustimmen und damit mit der Mehrzahl einer Meinung zu sein, bedeutet also noch lange nicht, eine Entscheidung zu seinen Gunsten herbeiführen zu können. Das Wissen um die Methode ist ausschlaggebend. Das ist sicher. In dieser Auseinandersetzung war ich wohl nicht mehr als der Rebell, der eine Welt verändern wollte, von der er – zumindest bis dahin – noch nicht allzu viel verstand.

Aufbruch

Im Altenheim hatte sich die Nacht breit gemacht. Die Nonnen schliefen. Frank Buschhoven lag noch auf seinem Bett. Er schaute an die Zimmerdecke und studierte den Fliegendreck. Ein müder Lichtschein von der Hoflampe zwängte sich am unteren Gardinenrand hindurch mühsam in den kühlen Raum, um auf der Tapete der gegenüberliegenden Seite einen weichen, warmen Strich zu ziehen.

Ruhiger Atem. Entspanntes Gesicht. Fenster auf Kippe. Keine Geräusche von draußen. Nur hin und wieder Tropfen, die von der Regenrinne auf das Blech des Fenstersimses stürzten. Auf der Holzkommode das Bild. Paula und Klaas. Aus alten Zeiten. Und eine Kladde. Das Tagebuch. Aufgeschlagen: »Immer wenn sich die Tür öffnet, glaube ich, das bist du. Immer wenn ein Schatten vor mir steht, glaube ich, das bist du. Und einmal wird sich die Tür öffnen; und dann kommst du.«

Auf dem Tisch das Gotteslob. Auch aufgeschlagen. Seite 153: Vater, ich habe gesündigt vor dir; ich bin nicht wert, dein Kind zu heißen. Du hast mich nach deinem Bild erschaffen und mich zu Großem berufen, und ich habe gesündigt, habe so klein gedacht, geredet und gehandelt durch meine Schuld. Ich blicke aber auf zu dir und deinem Sohn Jesus Christus. Er ist mein Herr. Auch für mich hat er am Kreuz sein Blut vergossen. Vergib mir meine Schuld, meine Sünden, meine Fehler. Du bist die ewige Liebe, nimm mich wieder an dein Herz und halte mich fest in deiner Gnade. Ich will dein sein und dein bleiben. Mach mich frei und führ mich zur herrlichen Freiheit der Kinder Gottes. Heilige Maria, Mutter Gottes, bitte für uns Sünder jetzt und in der Stunde unseres Todes. Amen.

Frank Buschhoven erhob sich vom Bett, dessen Matratze den Aufbruch des Priesters quietschend quittierte, als wolle sie dagegen protestieren. Frank stieg in seine Puschen und nahm das Tagebuch von der Kommode. Am Tisch rückte er sich den Stuhl zurecht und notierte im Kerzenschein den Traum der vergangenen Nacht:

Im Kreißsaal ging es hoch her. Ich hörte Mutters Stöhnen und Schreien, während ich noch in der Fruchtblase lag und allmählich entdeckte, wie schön es ist, sich so richtig zu strecken. Kopfüber stürzte ich mich durch den dunklen Tunnel ins Leben, wo mich zwei Gesichter anstierten, als käme ich von einem anderen Stern. Als ich deshalb einmal kurz anhielt, griffen zwei Pranken nach mir, zogen am Kopf und an den Schultern, bis meine Mutter endlich Ruhe gab. Verdammt kalt war es, im ersten Augenblick. Ich hatte kaum Zeit, mich richtig umzusehen. »Da ist er ja, der kleine Mann«, hörte ich die Hebamme rufen, die mich in ein Tuch packte und auf einen Tisch legte. Dann kam der Arzt, steckte mir ein Röhrchen in den Mund, woraufhin auch ich kräftig schreien musste. Die Hebamme, eine Frau von der Gestalt eines Riesen, packte mich an den Beinen, ließ mich baumeln und hielt das Maßband an. »Fünfzig Zentimeter. Kerngesund, alles dran.« Trotzdem: Am liebsten wäre ich weggelaufen. Es war unseriös laut. Ich hätte so gerne bei meiner Mutter gelegen. Schön warm, weich und geborgen. Doch nach ihr suchte ich vergebens. Man hatte sie aus dem Kreißsaal hinausgefahren, zu einer Not-OP. Ich irrte durchs ganze Krankenhaus, über alle Flure und in alle Zimmer hinein. Doch sie war nirgends zu finden. Schließlich kam die Hebamme und schnallte mich ans Bett, während sich die Bewohner von Schönenbach auf dem Friedhof versammelt hatten. Die Straßen des

Dörfchens waren in dieser Stunde wie leer gefegt. Lediglich ein Bus kreuzte den Ort. Mit dem Fahrtwind wirbelten bunt gefärbte Kastanienblätter auf, die unendlich lange und verspielt durch die kalte Luft tanzten. Danach lag der Ort einsam und müde da, ruhte sich aus im nebligen Tal. Auf der Friedhofkapelle an der Kastanienallee verkündete die Totenglocke in monotonen, dumpfen Schlägen den Beginn einer kirchlichen Andacht, zu der die Pfarrgemeinde sich vollständig versammelt hatte. Sechs Männer in dunklen Anzügen zogen den Wagen mit dem Sarg. Voran schritt Alfred Gockel mit vier jungen Messdienern in schwarzen Gewändern. Hinter dem Sargwagen folgten Paula, Klaas und Klara Ziebig. Dahinter das Heer der anderen. Lavaschotter knirschte unter den Schuhen, eine Frau putzte sich die Nase, ein Mann hustete. Während die Schlange der Trauernden sich hinter dem Verstorbenen herschleppte, wurde dessen Sarg bereits von den Männern des Pfarrgemeinderats vom Wagen gehoben und auf zwei Balken gestellt, die quer über dem Grab lagen. Alfred Gockel wartete einige Augenblicke, bevor er mit der Zeremonie begann: »Liebe Mitschwestern und Mitbrüder im Glauben. Wir haben uns heute hier versammelt, um Abschied zu nehmen. Abschied von einem guten Menschen, Abschied von einem treuen Freund, der sich aufgeopfert, ja geopfert hat. Für euch, liebe Gemeinde, und für sich, für seine Idee vom Leben. Das Leben, das Gott der Vater uns geschenkt hat, folgt jedoch nur dem einen Gesetz: dem Gesetz des Glaubens. Denn: Gott ist der Glaube und das Gesetz; und es sind die Gesetze unseres Herrn, welche wir zu befolgen haben im treuen Glauben und in der Gewissheit, dass er uns alle vom weltlichen Übel erlöst. In seiner göttlichen Gnade gibt er uns diese Gewissheit immerzu; so, wie er uns auch versprochen hat, am Jüngsten Tage wieder unter uns zu sein, um uns Schwachen tröstend und helfend beizustehen. Denn nur er bestimmt, wann der jüngste Tag kommt für jeden einzelnen von uns. Möge Gott der Vater unserem lieben Verstorbenen all seine Sünden verzeihen und ihn führen in das himmlische Reich der Erlösung.« Dann sangen sie: »Wir sind nur Gast auf Erden und wandern ohne Ruh', mit mancherlei Beschwerden, der ewigen Heimat zu ...«

Nun machten sich die Sargträger an die Arbeit. Während vier von ihnen die Totenlade mit zwei roten, geflochtenen Tauen anhoben, zogen die beiden anderen die klobigen Vierkantbalken zur Seite. Dann ließen sie das Eichenmöbel in die Erde. Paula und Klaas traten zuerst ans Grab. Sie nahmen einen kleinen Buchsbaumstrauch, tauchten ihn in die silberne Weihwasserschale und segneten den Sarg. Paula war leichenblass, das Gesicht eingefallen, dunkle Ränder unter den Augen. Sie weinte leise. Dicht hinter ihr stand Alfred Gockel. Die gefalteten Hände fromm über dem voluminösen Bauch verschränkt, beobachtete der pausbackige Theologe die Schönenbacher Friedhofszeremonie. Nach und nach zogen die Trauergäste still segnend am Grab vorbei, verneigten sich vor dem Verstorbenen, während der Grundschulchor ein Lied anstimmte und Henning Gerhard einen Kranz niederlegte. Mit seinen Messdienern setzte sich Alfred Gockel nun langsam in Bewegung, schritt – während die Segnungszeremonie fortdauerte – geneigten Hauptes zurück in Richtung Pfarrkirche, vor deren Portal Klara Ziebig ihn am Arm packte, um ihm von unten herauf fest in die Augen zu blicken. Ihr Speichel traf Gockel mitten ins Gesicht.

Dann wachte ich auf und wusste erst gar nicht, wo ich mich befand.

Fröhliches Vogelgezwitscher kündigte die Geburt des neuen Tages an. Wie ein verträumtes Schloss lag die alte Ordensburg da, eingehüllt noch in den frischen Dunst des frühen Morgens. Im Bad hatte sich Frank rasiert, Hände und Gesicht gewaschen, die Zähne geputzt und im Spiegel sein Aussehen überprüft. Dann ging er zurück in die Stube, gab den Glockenblumen Wasser, rückte das Tischtuch gerade, stellte sein Glas zurück in den Schrank, wischte noch einmal über die Spüle, schnürte die Schuhe, richtete das Hemd und legte den Hausschlüssel auf die Kommode. Während er die Jacke überzog, warf er noch einmal einen Blick auf das Foto mit Paula und Klaas, die ihm dabei zusahen, wie er das Tagebuch schloss, das Licht löschte und die Zimmertür hinter sich zuzog, während seine Lippen leise adieu flüsterten.

Entgegen aller Befürchtungen war es nach dem vernebelten und feuchten Morgen am Nachmittag doch noch angenehm warm geworden. Im Pfarrgarten von Schönenbach stand die Sonne zwar schon recht tief und blinzelte gerade noch über den Kirchturm hinweg, doch ihre Kraft reichte aus, Wiese und Büsche zu trocknen. Sich jetzt noch im Freien aufzuhalten, empfand man allgemein sogar als ausgesprochen wohltuend. Doch noch ein Goldener Oktober? Es sah fast danach aus. Der milde Herbst war jedenfalls dabei, die Natur reichlich zu beschenken. Der Rosenbogen am Holzpavillon zeigte sich nach wie vor in erstaunlicher Fülle und Farbenpracht. Die erst vor ein paar Tagen gemähte Wiese lag immer noch in sattem Grün. Geranien und Tagetes am Eingang des Pfarrhauses waren zwar schon entfernt worden. Dennoch ließ der Blick auf die Gebäudefront mit den rustikalen Tür- und Fensterstürzen aus rotem Sandstein keine Wünsche offen. Auf den Apfel- und Mirabellenbäumen, deren Blätter sich inzwischen bunt gefärbt hatten, zwitscherten ein paar Spatzen, die hin und wieder nervös mit den Flügeln schlugen, um in schnellem Flug in die das Grundstück umgebende, mannshohe Buchenhecke zu flattern. Dann und wann landete auch mal einer auf der Marien-Statue. Die Patronin der Gemeinde nahm die Eskapaden der vorlaut fiependen Vogelschar ungerührt hin; so, wie sie es schon immer getan hatte. Liebevoll und sanft, schön und anmutig, lächelte die Muttergottes – neben dem kleinen Gartenbeet zentral positioniert – auch an diesem Herbstnachmittag besinnlich und bescheiden.

Auf der Gartenbank im Pfarrpavillon hatte Dechant Alfred Gockel Platz genommen. Er bereitete gerade die Predigt, die er an diesem Wochenende halten wollte, vor. Der Theologe hatte seine Sonnenbrille aufgesetzt. Er lächelte. Seine neue Pfarrstelle schien ihm gut zu bekommen. Die angegrauten, kurz geschnittenen Haare glänzten in der Herbstsonne. Der Pfarrgarten St. Marien war für Alfred Gockel innerhalb kurzer Zeit so etwas wie sein Heiligtum geworden. Wie ein Kind gefreut hatte er sich, als ihm seine Priesterkollegen zur Dechantenernennung eine neue Gartenbank schenkten. Das alte Möbel präsentierte sich nach all den Jahren verwittert und vermoost. Es war unansehnlich geworden. Ein Fall für den Sperrmüll.

Die Haushälterin brachte Kaffee und Gebäck. Geübt stellte sie Tassen und Teller auf den wackligen Kunststofftisch, schenkte ein, gab Zucker und Milch hinzu.

»Umrühren müssen Sie selber!«, sagte sie augenzwinkernd. Und während Alfred Gockel sein Redemanuskript zur Seite legte und den Kaffee umrührte, nahm die Frau neben ihm Platz. Dann fragte Dechant Gockel: »Wissen Sie, worüber ich oft nachdenke?«

Manfred Reuter
FLUCHT-
WUNDEN
KBV
KRIMI